人生里
总有一段传奇
在等你

张佳玮

著

民主与建设出版社　　博集天卷 CS·BOOKY

人生 里，
总 有
一段 传奇
在 等你

目录 _____

第一辑

人生里，
总有
一段传奇
在等你

一切都会
好的，
只要时间
过去

最好的时光

    法国人定艺术相关法律，出了名的喜欢保护艺术家，他们自己也引以为傲，觉得在法国，原作者权益比天还高——相比起来，美国法律就略功利，对传播者优待过头；德国和瑞士的法律则比较中庸，没啥特色。话说法国人定这法度的缘由，倒不是天然热爱艺术家，而是二十世纪中后期一些学者的研究证明，艺术家如不保护保护，必然会死绝。比如，拉永德·穆兰写过《艺术、工业与市场》。她写道，1980年，法国有大大小小艺术家大约一万八千人，其中大概一百七十个人声名显赫，百分之一而已，倒有百分之七十一的艺术家颇潦倒。倘若追根溯源，这一万八千名艺术家里，有百分之八十都一度红过，但抵不过时间流逝。娜塔莉·穆罗的另一份报告里则说，1965年，她跟踪了一百六十五位著名艺术家；二十年后，这些人里头，只有十七位还保有着声名，其他基本湮没

无闻了——创作少了，创作出来也卖不了钱。如是，艺术家不保护
不行啊：就整个职业生涯而言，他们太脆弱了。

　　每当这时，我们便有大堆话题可说：三十六岁之前走红阿姆斯
特丹，之后二十七年人生惨淡不堪的伦勃朗；三十九岁那年只好看
妻子病重死去，到四十六岁才红的莫奈；没等到自己声名大显便自
尽的凡·高；五十二岁才真正有名的柯罗……大体而言，除了少数
例外，如鲁本斯和毕加索这样孜孜不倦、创作不停，到晚年都灵感
和性欲齐飞的常青树，其他艺术家多半只有那么几年巅峰岁月，耗
干用尽，便即熄灭。

　　但是再想远一点，这定律，怕还不局限于艺术家。

　　每个人或多或少，都怀过这么个迷信想法：命运像送快递那样
有思维有感知，每次要给你些东西时，都要按门铃给你提示。所以
大家编起故事来，都有些命中注定的开场：杜丽娘游了园，梦中会
见柳梦梅；贾宝玉初看林黛玉，就笑称"这个妹妹我曾见过的"。
不只才子佳人如此，连奸夫淫妇也都有命运做主：你看潘金莲那段
生死因缘，不就是失手落了叉竿，打在西门大官人头上？

　　大家都觉得，自己不是普通人。命运不喜欢平凡生活，命运也
喜欢惊喜，就像老阿姨们喜欢八点档电视剧；命运不会设定你家隔
壁的张三是理想伴侣，不会把你从小学到高中的同班同学李四当作
你的命定情人。命运需要你去侦察叩问，像解谜题似的，一把把钥

匙开门到最后，才见得到意中人——好吧，为什么这会儿的命运，听上去像中学考试的出题老师？"答对这些题才能得满分！不然就蹲班！"而且，命运总会给你点提示。你梦见了谁，你在浪漫的流星之夜、游园会或下雨天遇见了谁，那就是上帝指派的对象——嗯，在这些故事里，上帝就是个心如少女的言情剧编剧。

总而言之吧，大家都觉得自己的人生里，总有一段传奇，在等着自己呢。

话说，中世纪时候，欧洲经院最爱争论上帝的意志。有些派别觉得：上帝性子苛刻，人类非得做各类诚意善举，上帝才能原谅。有些派别相信：上帝性子善良，只要你一念从善，最后总会得拯救。还有派别觉得：上帝根本不在乎区区人类的所作所为——最后这一点，有些像老子所谓"天道无亲"。以我看来，最好玩的一个逻辑，是这样的：

既然上帝是完美的、预知一切且善良的，他怎么会设定出犹大这么个角色，来出卖耶稣呢？如果他是上帝有意安排的卧底，那么，他还是不是罪人呢……

再往前，希腊人编神话，就不客气得多。也不跟神明讨论一下，就擅自把宙斯编成一个大脾气的老色狼；把赫拉编成个醋婆娘；众神都爱听奉承，脾气极大，性格粗放，乍看之下，像群小人得志、不小心掌握了人类命运的土皇帝。

说白了就是，全世界的人年轻时，或多或少，都爱揣摩上帝的意思，把上帝想象成土皇帝、言情剧编剧和中学老师，希望能给点面子。或者说，全世界的人年轻时，都觉得自己很特别，命运是一部叙事作品，而自己是主角。命运啊，它有情有义，虽然苦我心志，劳我筋骨，但只要我守得住，最后一定会迎来王子或公主……

但总有那么一天，你会觉得，自己其实一点都不特别。天道无亲，根本不把你当回事。越是年长，越觉得命运真是冷酷无情，存心耍我，不指望它能帮衬，那就走到哪儿是哪儿吧。

我们如今见到的最惯常的莎士比亚中译文，出自朱生豪先生手笔。朱先生二十五岁始译《暴风雨》，三十二岁上的冬天，译完《莎士比亚全集》，因肺结核病去世，前后不过七年。

美国人写古典乐评聊欧洲大师，一向不大恭敬。比如菲尔·古尔丁老实不客气地说：莫扎特三十五岁过世，舒伯特更不过活了三十一岁，英年早逝。而海顿先生，幸亏活到七十岁开外，如果在三十来岁过了世，就没有如今的声名啦。

意大利史上最伟大的歌剧家之一罗西尼，十八岁到三十七岁写了上帝赐予他的三十八部歌剧，然后把剩下的四十年时光拿来享乐。

莫里哀先生三十七岁之前生活平淡，开始创作戏剧，然后把生命里最后的十四年都搭进去，死后被葬入圣地。

隋朝最后的支柱大将张须陀，活了五十一岁，人生前四十几年，也就是个县级干部。如今他的传记里，全是他人生最后几年四处平寇、支撑隋朝末代江山的传奇。

巴顿将军在五十四岁之前，就是个脾气颇臭、才华横溢的美国军人；五十四到六十岁，赶上了二战，于是成了传说。

最后，我们熟悉的山德士上校，人生前三分之二都不太得意，简直处处布满失败痕迹；六十五岁到九十岁这二十四年人生里，这个领社会救济金的老爷爷，创立了肯德基，让自己那个大胡子成了地球上最有名的logo（标志）之一。

对那些平淡度日、上班打卡的世人而言，不用日日朝九晚五的生活，想起来都垂涎三尺，但对那些拥有自由却没有保障的人而言，生活就是这样的。除非日积月累，否则，你不知道自己最巅峰的岁月是怎样的。

更进一步来说，命运这东西，就是没什么道理可讲。你不知道欢欣与灾厄会在你什么岁数时急速降临，然后忽然离去。更让人不快的是，你不知道自己是不是还有那么一段巅峰岁月可以享用——甚至可能，你的巅峰岁月已经过去了，被你远远抛诸身后，而你还如猪八戒吃了人参果，吃到肚里，却没尝出味道，偶尔想起以往，觉得"那也不错，但明天会更好"，没有意识到一切已经过去了。

怎么对付呢？没什么法子。法国人学艺术法规的，也只有宽慰：艺术家的产品不能按流水线产品对待，须当给予时间，并在漫长职业生涯中对他们呵护……

这种思想可以归纳为：你无法对自己的人生抱有太机械的期望，而需要耐心温和地等待并接受一切——每个人的命运是不同的，别看他人的跑道，你有你自己的生活。

也许最好的已经过去了，也许最好的还没到来。

梦想的阶级

　　《笑林广记》里有个段子，说一人爱吹牛，进过次京，就说自己见过天子。问天子住何处？答：门前有四柱牌坊，写金字曰"皇帝世家"。大门上匾额，题"天子第"三个金字，两边居然还有对联，所谓："日月光天德，山河壮帝居。"贾平凹讲过个段子，笑点类似。俩关陕农民聊天："你说蒋委员长每天都吃什么饭？""那肯定是顿顿捞干面，油泼辣子红通通！"

　　类似的笑话，《红楼梦》里贾老太君早批评过了。太君的意思：老有些根本没见过贵族人家的不成器穷酸，在那凭空瞎编。编个尚书宰相，养个独生女儿，身边必还只有一个丫鬟，见了个才子，就私奔了去——不过是意淫罢啦。妙在老太君这样簪缨世家的人物毕竟少，普罗大众接受最多的，其实还是这种"平民想象"的故事。

　　"平民想象"其实特别淳朴，蒲松龄写《聊斋》，是路边摆碗绿豆汤，跟过路人把故事榨出来的，不是遇到了漂亮女妖精，就是撞见温和的男妖精。妖精也未必有移山倒海的大神通，能保你做天子帝王，但常能让主角富足闲逸，安顺过一辈子，得享高寿，偶尔还诸子登科。这和《格林童话》里"汉斯和某姑娘一直快乐地生活在一起，直到老死"是差不多的。"平民想象"要求不高，只要是个田螺姑娘似的妹子，不管是人是妖，会些改善经济地位的法术，比如点石成金，已足够了。

　　大多数的"平民想象"，所追求的着实不多。一个好姑娘，一个好家庭，安稳的中产阶级生活。说到底，要的是物质上的平等。放之于食物上，古代白面揉的可以叫银丝卷，鸡蛋和白米做的可以叫碎金饭。宋朝有名的玉灌肺，当然也非玉，原料尽是真粉、油饼、芝麻、松子、核桃、莳萝、糖和红曲。中国古人擅长在辞藻上下功夫，贩夫走卒，也能吟诗玩词。所以白的叫玉，黄的叫金，红的胭脂，蓝的雨过天青，都好听得很。把贵金属加作食物描绘，还顺带满足一小点点石成金的小心思。

　　至于满足了贵金属需求的非平民们，又希求些什么呢？
　　1938年，戴比尔斯珠宝（De Beers）盘算，怎么哄美国人打开钱包买钻石。如果你当当当敲门，给开门的客人亮出块石头，然后诚实地背化学课本："这玩意其实就是碳元素单质晶体，说穿了就是碳。"结果可想而知。戴比尔斯珠宝创始人的犹太血统使他精贼刁滑，才不干这赔本买卖。他们的思路是：请电影明星忽悠"钻石和浪漫爱情有关"；请英国皇室出面（英国人在钻石业里蹭钱不少，女王王爷们自然义不容辞）佩戴钻石；把钻石和毕加索、达利们的画放一起拍照然后上封面。1946年，"钻石恒久远，一颗永流传"（A Diamond is Forever）终于出来了。

一句话就是无中生有，硬哄人相信钻石和贵族、爱情、永恒息息相关。钻石也许很普通，但后三者虽然看不到摸不着，却是许多人——尤其是女人——的梦想。

唐鲁孙提过一个段子。说二十世纪前半段，美国雪茄销售不佳。雪茄销售方灵机一动，和电影制片方咬耳朵：我们全美国几万家雪茄店，可以给你们做电影广告，抬尔等的票房。代价嘛，电影里那些肥头大耳、西装革履、风度翩翩、满肚子民脂民膏的富豪巨头，都请叼支雪茄再出场；那些码头搬鱼臭流氓，一个都不许叼雪茄……如此你情我愿，瞬间扶起了雪茄业。如果你对口叼雪茄、自我感觉良好的中产阶级们追溯历史说"其实哥伦布刚到新大陆时，就看见蛮荒之地的印第安人抽雪茄来着"，人家指不定怎么挥着雪茄剪要把你舌头割了呢。

本雅明剖析十九世纪的巴黎时，洞彻就里地说：十九世纪的广告商们已经明白，最有效的宣传手段，是制造一种如梦似幻的氛围，诱人上钩。这话一语道破：所有的商业宣传，无非是卖梦而已。卖梦的好处是，你尽可以沉湎其中，沾其好处。像美国常有家庭风味饭店挂牌"南方妈妈"之类词，也不是为了让你品味南北战争前一起面朝黄土背朝天赶收棉花之苦，而是让你品味号称原汁原味反正老阿婆们都已入土死无对证了的南方美食时，顺便感受那温煦的、甜美的、缓慢的、雍容的、《乱世佳人》电影开头20分钟那种南方风情。所谓宫廷秘方、豪富私房菜，皆如此。人家向往的不是一味药、一盘菜，而是一种如梦似幻、斑斓明丽的生活方式，是一个梦。

当然，大多数关于幻觉的梦想，都是被提炼过、淘净了其中沙砾之后的透明状态。《午夜巴黎》这电影揭示了一个美妙的矛盾：想生活在二十世纪二十年代，与菲茨杰拉德、海明威、庞德、毕加索共游的文艺青年们，怎么解决没有抗生素的问题？实际上，哪怕是海明威自己在《流动的圣节》里回忆往昔时，还是苦于饿肚子、没浴室，只能隔着饭店橱窗看乔伊斯一家肆意饕餮……所以有心思玩文艺梦的，大多是富庶之家，而且远观可也，不去亵玩。贾政造大观园时，还假模假样要养鸡鹅，做田居模样，兴"归农之意"，却被贾宝玉一语道破："失之穿凿。"老爹恼羞成怒，简直打算把他"又出去"。实际上宝玉说的也是实话：真让老爹去过故人鸡黍、绿树青山、把酒桑麻的日子，可是要弃了官位的，老爹怎么肯？类似情绪，常见于清朝许多士大夫。边吃着雪花银俸禄，边念叨弃官归隐，于是两边便宜都占。同理，让现在看着"维多利亚时代英国厅堂"流口水的诸位，真穿越回维多利亚时代，打死也不愿意。当然，这种向往有点不负责任，类似于想睡姑娘，却不肯担责任。所以呢，说意淫，其实也不为过。

马斯洛先生那套著名的人类需求层次论——生理上的需求，安全上的需求，情感和归属的需求，尊重的需求，自我实现的需求——摆这里很是有用。平民的梦想，就是油泼辣子面，需要吃饱穿暖；饱暖之后，就梦想有贵金属，靠财势来提供安全感；有了钱，就希望有田螺姑娘和美丽女妖精，满足情感和归属需求。而非平民需要的是美丽幻觉，是钻石和雪茄代表的财富象征和身份，以及一些更高级的幻觉，比如获得一些高级人士的认可。美国早期土富豪都企图打进"那些讨厌的荷兰老爷的会客厅"，大概类此。

在这里，通常有一种巨大的偏见：上等人理该做归农田下、钻石恒久之梦，苦孩子不能僭越，该老实对付自己幻想里的油泼辣子面。抱着个充气娃娃，幻想自己搂着美女；眯着眼吃两口粉丝，觉得自己在吃鱼翅，都会被当作"不安分"。

这种"躺在下水道里的人就该思考下水道，而不该去看星星"的心态，很像埃及人以前的搞笑想法：在活人世界树立威信呼风唤雨还不够，做成木乃伊，还是想统治那个世界——现实世界的阶级不容你僭越，做梦你都得安分守己，知道吗？！

传说杜甫请岑参吃饭时，穷得要死，出一盘韭菜鸡蛋，曰"两个黄鹂鸣翠柳"，出青瓷盘上一列蛋白，曰"一行白鹭上青天"，出些豆腐渣，"窗含西岭千秋雪"，出个汤上浮鸡蛋壳，"门泊东吴万里船"。这就是一次完美的造梦。

按照传统逻辑，这就是一场僭越和幻想。穷光蛋应该做油泼辣子面、贵金属和田螺姑娘的梦，怎么敢僭越到贵族梦想里的诗歌、远行、幻漫理想之中？

但如果看一眼上述的流程，你便能明白：无论幻想油泼辣子面、田螺姑娘、金银宅子，还是恒久钻石、贵族地位、归隐林园和维多利亚厅堂，看似有高有下，说到底不过是不同人们的想入非非，来自不同的生活环境。你可以试图划分人的贫富高下，但梦想本身的权利，是没有阶级的。人类花了几千年时间积累文明，才在今日发展到了这么个时代：对自由——无论是做人的自由还是做梦的自由——少一些拘束。你无法要求人们再退回去，对他人的梦想指手画脚。说到底，梦想就是每个人自己私有的世界，是最无法侵犯和划分等第的存在。你自己的梦想，就是你独一无二的世界投影。

一个关于暴力、性格与命运的故事

小迈克生来没爹，贫穷的母亲照料他长大。兄长大他五岁，没啥共同语言，所以他小时候跟妹妹玩，学得羞怯又温和。他喜欢说话，不爱打架，遇到事情，也希望用谈话来解决。他小时候，邻里都叫他"小仙子"，嘲笑他像女孩似的。

五岁那年，他家搬到另一个所在。依然是贫民区，只是更暴力。街上布满小混混，店铺里都在谈论枪支、毒品和死亡。邻居小孩很不友善，欺负他。小迈克，"小仙子"，对此大不习惯。他发现自己的球鞋经常失踪，转眼就穿在别的小孩脚上，他去讨，反而被小孩们追着打。

软弱是一种固有气质，就像落海者的血，一旦被鲨鱼闻到，便无从躲避。他被所有人欺负、偷窃、殴打、抢劫。母亲没空管他，他剩下的乐趣就是养鸽子了。如果这时拍一部传记片，你应该会看见小迈克放飞鸽子，然后抬头看着鸽子飞向狭小天空——一如他试图飞离那个所在一样。

于是，当他发现邻居小孩试图偷他的鸽子时，隐忍已久的愤怒，终于冲出了他的脑门。他扑出去跟小孩打架，那是他第一次跟人动手。很神奇，他打赢了，而且不费吹灰之力。很多年后，他形容当时"把那家伙打到失禁了"。比他打赢了更重要的一点是：
"我开始揍他时，我爱上了这种感觉——我把所有的不快都发泄出去了。"

他开始打架了。不只为了自卫，还为了打赢别人，享受快感。他揍扁别人时，觉得自己比实际年龄要年长，觉得自己很强大。他轻而易举打遍了整个街区，没人是他的对手。他有天生的敏捷和力量，一旦爆发，就如野兽出笼。他从他人的畏惧中吮吸满足感，满足自己常年以来缺少的男子气。最后，当年纪大他一轮——实际也才不到二十——的一群混混郑而重之来找他时，他大感满足，觉得自己得到了尊重。

哪怕那群混混是来求他帮着掏兜、偷超市、打闷棍、揍保安的。
"有时，他们拿着枪负责放风，我就把收银台所有的东西塞包里……那时我十一岁。"

　　罪恶是一个迷人的旋涡，小迈克承认："我没有被吸进犯罪里，是我自己喜欢的。我知道那彩虹尽头是什么，是监狱和判刑，但我希望被认同，我就做了那些事。"他太迷恋这种被赞美的感觉，甚至无视了老妈的怒吼："你怎么能偷东西？！我一辈子都没偷过任何东西！"

　　十三岁那年，小迈克已经长到1.73米，体重是恐怖的94公斤。他就像头小公牛。他热爱打架，但想当个正经的打架者。街区小孩最崇拜的是拳击手，他去找了。鲍比·斯图瓦特，一个曾经当过世界轻量级拳王的家伙，那时已经处于半退役状态，在当教练。小迈克求到他门下，斯图瓦特答应了，只有一个条件："你要好好读书。我不在乎你是不是每门功课都好，只要你乖乖的，而且确实认真上课了。"

　　不到一年，斯图瓦特就发现这孩子不得了。他确实认真上课了，阅读认知水平从三年级突飞猛进到七年级；他打架天赋异禀，斯图瓦特寻思帮他找个新教练，"再跟你练下去，我会被你打死的"。他去找了传奇老教练科斯·达马托，把小迈克托付给他。达马托看完小迈克的第一次试训后就对他说："你只要肯听我的话，你就能成为世界重量级拳击冠军。"

　　六年之后，达马托死于肺病，时年七十七岁。那时小迈克近十九岁，被达马托训练得温文有礼。达马托自己承认："这孩子与其说像我的学生，不如说像我的儿子。"但他也很担心。他不停对小迈克说："没了自律，你将一无所有。"他说："恐惧就像火焰，你能控制它，它就能给你做饭，为你暖房间，但控制不当，它就会毁灭你。"但他也承认，自己是通过不断重复，才让小迈克记住这些的。

"一旦有一天我不在了，他可能会遇到一个强大的对手或其他人。他又会变成那个没有父亲的孩子。"达马托说。

达马托死后一年，小迈克开始统治世界拳坛，他以二十岁的年纪，成为史上最年轻的重量级拳击冠军，但他的巅峰只有三年半。之后，他被强奸案、牢狱生涯、丑闻、经济纠纷、车祸、打人、破产等无数问题所浸泡，直到如今，成为众所周知的迈克·泰森——一个体育史上最扭曲的、怪异的、焦虑的、因为太多负面传闻让人无法确认其真面目的野兽形象。

有谁能相信，他曾经被叫作"小仙子"，曾经羞怯温和、宁说话不动手？如果不是为了保护他心爱的鸽子，也许他从来不会挥出第一拳，然后从此被吸入那以力量决胜的世界。你得承认，从达马托生前所言来看，一切都应验了。这听来很迷信，但可能确是事实：命运由人的选择构成，而选择则归于性格，性格则归于遭际……许多时候，命运看似曲折离奇，其实不过是反复的抗争走到另一个极端，而其结局，从一开始，就已经写定了。

对苦难的陈述

我陪一个朋友，跟别人吃过许多次饭。每一次，我是说，每一次，他都会申述这一段：

"我小时候，在某某乡村长大，家里很苦啊（此处描述里，加一些细节，让人感官印象鲜明，听了吃不下饭）；后来还生了什么什么病，平时不发作，发作起来要人性命；后来工作了也不容易（此处加一些惨淡的故事，对痛楚的描写格外逼真，让人听了，心情格外抑郁）……现在呢，终于闯出来啦！"

每次听这朋友诉完苦，没那么多苦可诉的朋友们都深感过意不去，纷纷安慰，而诉苦的那位朋友就满脸泰然状，一副"都熬过来了"的半自豪状。仿佛孙权数周泰身上的疤痕，每道疤痕让他饮一杯酒。这些苦难成了他的勋章，于是大家便竖起耳朵，听他情不自禁地念叨："我是看透了，人生啊，就是得如何如何（此处添加一些用口语描述的成功学秘诀）……"大家都停箸不食——一方面是吃不下了，一方面大概也觉得，人家在说苦难，自己一股劲吃东西，也确实不恭。哪怕有些人之前已经听过，也被迫在这苦难历程之前收心慑神，安静聆听。

这样的做法，并不太难理解。中国古来文化里，很是推崇"天将降大任于斯人也，必先苦其心志，劳其筋骨，饿其体肤"，而这种逻辑其实有个微妙的反推，即"接受过苦难的人，比一般人，更接近天将降大任的那位爷"。所以，一个人对苦难的炫耀和渲染，其实是这种潜台词：

"别看我们现在差不多，但我起点比你们低得多。我经历过那么多苦难=付出的努力比你们多得多=心志也更坚毅=见识也更宽广=对人生的体悟也更深，你们应该尊重我，就像低难度游戏玩家对高难度游戏玩家顶礼膜拜一样。我炫耀渲染的苦难越多，我游戏的难度就越大！"对弱者的尊重，在这个时代成为一种政治正确的理念，所以苦难越多，在这个时代越有发言权——这也是许多选秀节目到后来，总得去比惨的根由。或者可以这么说：当"炫耀苦难"在一个时代吃得开时，至少说明一点：这个时代的大众共识，是比较倾向于保护弱者的——这算文明的开端。

但是"炫耀苦难"，另有一种不大妙的倾向。因为大多数炫耀苦难者，到后来都难免落入这样一种叙事语境：我生于丛莽，是从苦难里摸爬滚打出来的；我被迫信赖丛林法则，因为我过早经历了弱肉强食的世界……这东西如今简直成了美国电影的俗套：一切有反社会人格的家伙，小时候一定吃苦受难，哪怕经济上宽裕，精神上也会备受打击，所以总有借口。如是，少年的苦难，可以解释许多后来的行为，让大家觉得：虽然不合理，却也情有可原，说不定还对反派心怀悲悯……

但这种心结，一旦发展成对功利行为的解释，比如"别看我做这些看上去不厚道，我是苦出身"，就成了矫枉过正，于是苦难本身，就成了挡箭牌。仿佛受了苦难，人就有豁免权，可以不受道德指责似的。如果依此考虑，则大多数炫耀苦难的人，因为其最后总能获得某种程度的报偿和豁免权，于是其炫耀行为本身似乎也带有恶意了。

但是，如果，再想深一点呢？

司马迁著名的《报任安书》里，列举了一大堆例子，比如周文王被幽禁，于是演了《周易》；孔子受厄，作了《春秋》；屈原放逐，赋了《离骚》；左丘明瞎了、孙膑坏了脚、韩非因在监狱里，才有作品传世。他的结论是："此人皆意有所郁结，不得通其道，故述往事、思来者。"简单说吧，一个人要倒了霉，想发泄，才有东西可写。

但这其实是个伪命题，是司马迁的自我安慰。要不然，古往今来那么多受了宫刑的，为什么只有他一人写了《史记》呢？但你可以理解他以及大多数苦难者的心路历程。

因为经历苦难，他们失去了许多东西，他们对此愤懑不平，而且时常会向命运叩问"为什么会是我"。人的心理卫护机制，让他们倾向于从缺失中寻觅回报，他们必须说服自己：苦难是有价值的。他们反复陈述，也是希望周围人多给些鼓励；他们其实知道苦难本身是坏的，但如果相信自己天生倒霉而毫无收益，就会让自己崩溃。所以必须不断地吸取赞许来说服自己，苦难也是有价值的。而从周围汲取各类资源，其实也都是这种自我说服的一部分。

就像我一个远房叔叔，远房到不是过年就聚不到一起的那种，四十年前倒了些霉，后来一直会反复陈述"其实那也不算大灾，我还是有许多收获的"，大人们都会听着点头，哪怕他说过许多遍，大家也会耐心倾听。一开始，我觉得大家被他迷惑了，后来才隐约感受到，其实大家对他的心态心知肚明，但因为他的时光已经流逝，无从复回，对苦难的叙述和自我安慰，是他的一种自我疗愈手段，我们给出的认同就是他的自我疗伤——而返回来说，每个人到最后，都可能会积一肚子的苦水，希望去跟别人倾吐，所以原谅这种苦难陈述，并给予体恤与怜悯，也是另一种同病相怜。

完美先生与完美小姐

最初，"我的一个帅哥朋友"与"我的一个美女朋友"，一起住在个土地平旷的所在。他们祖辈逃难而来，世代居此，不知有汉，无论魏晋南北朝，隋唐五代十国，宋辽金西夏，元明清民国。如果让他们考历史背年代，肯定是零分。所住山外是芳草鲜美，落英缤纷，所住之处有良田美池桑竹之属。"我的一个帅哥朋友"插秧、移苗、栽树、放牛，"我的一个美女朋友"采桑、喂蚕、织布、做饭。他们吃田产的秫米、竹林产的笋和池里的鱼，偶尔喝点酒。他们坐院子里吃，每天云无心以出岫，鸟倦飞而知还，东篱下黄花开，暗香扑满袖子，一路招蜜蜂和菜粉蝶。

后来，"我的一个帅哥朋友"与"我的一个美女朋友"搬了家。他们得去山居别墅住着，不再耕田了。他们要住在山间，一起坐在幽篁里面，弹琴，唱歌。开轩所见，有竹林，有泉水，有卵石，有月光穿过松林，照拂流动的小溪，有渔船穿过莲花，不时往来。春天门外芳草如茵，可以坐着看山。他们有闲，有情致，当然也有朋友。有些朋友住在山间，头枕青石，身周都是白云；有些朋友在平原，一见他们来，就会杀鸡设酒，让他们坐在晒谷场上，吹着爽朗秋风，看着绿树青山，说说收成。醉了之后，"我的一个帅哥朋友"如玉山倾倒，"我的一个美女朋友"如桃花满腮，相携回去，继续过下一天，路上梨花落满了肩。

后来，"我的一个帅哥朋友"变了。他是个饱读诗书、满腹经纶的大才子，但却不愿蝇营狗苟，去争五斗米。他决定隐居，去溪边当个渔翁，披蓑戴笠，看白鹭飞翔；去田间当个农夫，开渠引水，扶锄眺云；去山中当个樵夫，砍柴累了，就和渔夫一起江渚上喝酒，纵论天下；去青楼里当个色坯，看彩袖殷勤，捧着玉钟请他饮酒。他做这许多风流勾当，显得对一切漫不经心，但总会有圣明君主，为了天下苍生，来求他出山。他总是一推再推，还要去溪边洗耳朵，不愿听这些话，但最后又会回转来，想如果不出山，奈苍生何！于是慨然出山，青云直上，经纶济世，做了一番大事业。于是回过身来，看看无边落木，想起了青楼，噢不对，是青楼旁酒肆里的莼菜鱼羹和葡萄美酒，于是挂印封金，骑驴下扬州，不带走一片云彩去了。当然，这一路，"我的一个美女朋友"都该跟着他，跟着他渔樵耕读举案齐眉，跟着他青云富贵当相国夫人，跟着他归隐山林相夫教子，最后在葡萄架下含饴弄孙，让诸位孙子坐在高高的金银珠宝旁边，听奶奶讲那过去的事情……

后来，"我的一个帅哥朋友"成了一个风流倜傥的人物。他庭有梧桐，青竹为亭，亭中有琴，案上有棋，满架是书，满壁是画。玉狮子镇纸，湖笔端砚，宣纸徽墨，花石纲没拖去的假山，贡春制的茶壶，佛堂，山斋，照壁。用的是古玉旧陶、犀角玛瑙、官烧定窑，吃着鲜蛤、糟蚶、醉蟹、羊羔、炙鹅、松子、春韭、云腿、鸭汁白菜，喝的是陈年女贞绍酒，身边有明姬、捷童、慧婢。平日在家里，望着满园风光，披鹤氅，念佛经，焚香默坐，百虑皆消。偶尔出门，也是因为有大盐商、大财主、退隐山林的阁老派人来请。推三阻四之后，终于肯去，踏雪寻梅，烫酒言欢，席间来了酒兴，随意挥洒几句诗来，众人拍手叫好。等回家，已经有一封封的银子、一盆盆的剑兰，递到了院里。

"我的一个美女朋友"则该是一个相国小姐，至不济也得是个乡绅女儿。自小如花似玉，从来闭月羞花。也学得琴棋书画，也自会针织女红。绫罗绸缎不愁，身边只随个丫鬟。最好是哪一日后院赏花，忽听见前门马喧哗。去看时，原来是个少年郎人家——就是完美先生啦——正和老爷叙话。小姐隔帘偷看三四眼，可着郎君在心里，便叫丫鬟偷捧出碗茶，指挑几曲琴心，料那郎君，一定听在耳中，下次来踏雪寻梅，就叫丫鬟递出个薛涛笺儿。最后郎君提亲，老爷允许，轿子过门，郎才女貌，婚姻美满幸福，人人称羡。

2013年，"我的一个帅哥朋友"睁开眼睛，见日光已透过他大开的落地窗，洒满他的海滩小屋。他用智能手机看了看时间，然后一骨碌起身，去到洗手间。他细心洗漱，用尽了牙医和皮肤医生们推荐过的一切健康器材，一边用移动应用语音功能，聆听当天他应该知道的新闻、琐事和新出炉的流行段子。洗漱一新后，他去厨房，娴熟地做营养配比完美、色彩悦目、仿佛出自烹饪杂志封面的早餐，顺便翻开一本小牛皮英国十九世纪初版的散文集。

实际上，"我的一个帅哥朋友"从来是个天才：三岁识千字，五岁背唐诗，七岁熟读四书五经，八岁书法钢琴一手抓，九岁会英语。初中拿遍各种奖，还绝不早恋；高中跨国扬声名，且门门第一；读大学时清华北大上门求贤，但是架不住国际名校破格倒贴招录，他只好出国留学，硕士博士都连读，不小心还顺便创了业。熟习三五门语言，攒下七八辆车；美女背后成行，恋爱无师自通。但他却放弃这一切，跑到海边去开了个书店。

早餐已罢，"我的一个帅哥朋友"出了门。为了环保，也因为工作地点离他的海滨小屋太近，他不必开车，只是骑辆自行车，轻松溜到他自己开的书店门口。书店有着西班牙在墨西哥殖民时期用的白色拱，但内部是地道的欧洲式装饰。他给自己泡了杯咖啡，拿起山榉木烟斗，点上土耳其烟草，坐在原木高桌椅上，边看书边等顾客。

虽然他开的书店僻处海滨，但总会有风雅高贵的客人鱼贯而入，就像每次母鸡抬起屁股，窝里总有一堆蛋似的。来的客人，都像鸡蛋一样圆滑光润，客气温柔。"我的一个帅哥朋友"于是游刃有余，可以幽默宽和地跟他们笑谈雅噱，最后免不了让他们把一本本价值不菲的书买回家去。

午间休息时，"我的一个帅哥朋友"去了隔壁的咖啡馆，遇见了2013年的"我的一个美女朋友"。她坐在镶嵌象牙纹雕的柜台后面，身后的柜子里锁满了英国瓷茶具、土耳其式咖啡壶、金螺钿漆器和信乐烧茶碗，让你隔着橱窗都觉得炫目。只要你说得出，无论是法式咖啡、意式咖啡、土耳其式咖啡、中式红茶、英式红茶、日式煎茶、日式抹茶、俄罗斯式茶炊，她都能就手立办。当你手捧一杯咖啡，拈起一片秘制糕饼，听着店堂里播放的莫扎特《第二十钢琴协奏曲》，看着墙上由她亲自绘制的十八世纪洛可可风绿藤萝画时，会觉得自己正在十八世纪的温煦午后。但是，转过柜台，你会看见咖啡馆后厢的风格全然不同：她用了木结构梁柱、草席、纸扉、壁龛、长廊和庭院，让你觉得清雅的东方风格直扑鼻尖，再来一碗茶筅打就的抹茶、一份京都和果子，你就回到江户时期的日本了。

便是在如此清雅完美的环境中，"我的一个帅哥朋友"和"我的一个美女朋友"一见钟情。他欣赏她的知性，她仰慕他的知性。当然，他们都不是小孩子，感情观很成熟，为人格外理智。他们没有猴急地结婚登记讨论财产，而是在咖啡和蓝莓派的甜香中聊天，为感情染色。他们都温文有礼，懂得给对方自由。他当然会邀请她去吃饭，比如，去海边餐厅品味新鲜鳕鱼或铁板牛肉，而她也会报之以醇甜的南欧红酒和自己制作的香辣料以备他早饭食用，自然，饭后他们会在海滨上散步、聊天、谈论见到的橘子、狗和花圃，也许会接吻，但他们都会慢悠悠的，把这过程拉到无限漫长。

如此这般，"我的一个帅哥朋友"和"我的一个美女朋友"就生活在无拘无碍的云端。

他们永远年轻、健康、聪慧、美丽而且不缺少成熟，永远不用考虑牙疼、胃病、颈椎不适、胆囊炎和神经衰弱。

他们各自开着海边的书店和咖啡店，格调高雅，工作清闲，而且永远没有工商部门来搅扰，不用考虑湿气、白蚁、进货、账簿、景气与否、成本回收。

他们享用着志趣相投的爱情，而且彼此都成熟聪明，绝对不会给对方任何压力。

他们当然还得时不时出门旅游，去到电视节目、时尚杂志推荐的国度，默默听当地人说起那些岛屿与桥梁上发生过的爱情故事，然后互握双手，彼此微笑，深感自己多么幸福。他们得去京都，得去马尔代夫，得去济州岛、巴厘岛，得去巴黎、罗马、威尼斯、维也纳、巴塞罗那、伦敦、洛杉矶，每到一处，都要拍照留念，以便上传社交网络……

　　就是在去纽约的飞机上，我认识了"我的一个帅哥朋友"和"我的一个美女朋友"。他们用温柔的语调，描述了他们的人生轨迹。"我的一个帅哥朋友"劝我加强自我时间管理，"我的一个美女朋友"则跟我说如何通过学瑜伽、护肤、下厨和充实自我，来对自己好一点。我急急忙忙把他们的话语记录下来，然后我就觉得自己身轻如燕，仿佛听他们说说自己的经历，都能羽化成仙。

　　当我提出要把他们这些美妙经验传授给世界时，他们含笑点头，而且表示，不要太招摇了。

　　"主角姓名，就叫作'别人家的孩子'吧。"

　　当然啦，他们肯定也不是第一次去纽约。他们早就去腻了，但每一年，完美小姐都要去那里扫一些衣服，于是对她百依百顺的完美先生也得跟去嘛，反正他们开着的书店和咖啡店，都不用考虑经营问题，随时可以抬腿走人。到了纽约，他们总会去看一眼自由女神像，看她高举的火炬以及她的底座的话。

　　　加班的，劳累的，穷困的，被物价、亲友、家庭压力控制
　　的，渴望快乐生活的劳动者

　　　将你们看着美剧、言情小说、网络段子、好莱坞电影、杂

志、广告想象出来的美好的物化的生活

交给我吧

我伫立在时尚杂志、品牌广告、成功学书籍、心灵鸡汤、万千办公室族和世世代代读书人头悬梁锥刺股后依然忍不住打瞌睡的梦里

高举梦想的灯火！

你可以不坚强

你被人欺负时，咬着嘴唇，没哭；熬过难关后，见到自己人，听到句软语安慰，却会忍不住，哇一声号出来，哭个痛快。

类似经历，大概非只我一个人有。

以我所见，此时心情大概如此：你被人欺负时，知道对方怀有恶意，知道哭出来后，对方便知道你软弱可欺，更恶意的欺负便会来。于是你跟自己说，不能示弱，否则所受伤害势必加倍，所以熬着，不哭。等事完了，似乎安全了，面对一个可倾诉的人，也来得及审视自己的情状，觉得自己真惨，于是哭了。

人很少会在机器或刀刃的迫害之前，凭空号啕大哭。人哭，大多数时候，是看对象的。许多时候，对面站个有血有肉、能听自己倾诉、能反馈的对象，人就容易哭出来。

　　我爸老家乡下，以前有种习俗。老人死了，有专门的老阿婆来哭。老阿婆嗓子响亮、声气悠扬，一嗓子哭一下午，还能和军乐队的乐曲相和，哭得绕梁三日。我爷爷过世时，有两位老阿婆尽忠职守。我亲眼见她们俩，吃完午饭，彼此商量："再哭两声吧？""好。"然后就扑到灵前，"哎呀他老爷子，你怎么走得这么早啊！"

　　我爸和我叔叔，丧事上都铁青着脸，没怎么哭。因为他们是当家的，丧事得请人，得招待亲戚，得联系火葬场，得包车，得供饭，得搭棚，很累人。那段时间，他俩睡得少，基本不吃东西。到丧事最后一天，两位阿婆又浩浩荡荡地哭了一遭，我爸和我叔叔，好像忽然释放了似的，也哭了一场。哭完之后，我叔叔累睡着了，起来就要吃东西，还要吃蹄髈！

　　有些哭是假的，就像背景音乐；有些哭是真的，哭出来了，就是一口积食，都呕出来了。

　　我明白他们的心情是在几年之后。我外婆过世了。我奔前走后，颇为躁郁。外婆进火葬场了，那时我的心情，与其说是悲伤，不如说是愤怒。心里有无明火，不知该往哪里撒。吃饭时，看见远房来的亲戚谈笑自若，心里就恼恨得慌，想找由头，骂他们几声去——虽然知道，这些亲戚八竿子打不着，肯来吊丧，已是情分，但就是觉得，想找事骂骂。最后给外婆下葬时，我听妈一哭，就被传染了——哭和呕吐一样，看了听了，就会传染——于是我号啕大哭了一场。那会儿的心情，我现在还记得：

"人世无常，再也见不着外婆了；难过得很；大家都要死，怕得很；为什么偏是外婆遭了病，委屈恼怒得很。"

哭完了，无明火也就散了。

马里兰大学有位先生说，哭能抵消皮质醇和肾上腺素的影响，缓解压力。生物化学的事不提，但哭，是能表达情绪。委屈了，"为什么偏偏是我"，要表达出来。郁积于心，容易犯病。

我们小时候受的教育，总是"不哭噢，乖，不哭"。江南小孩，小名普遍叫囝囝；妈妈总会"哎哟囝囝跌跤啦，不哭不哭，都怪这台阶，台阶坏，囝囝不哭……"这招数，哄小孩子很有用。如果仔细想，会发现家长的逻辑是这样的：小孩哭，代表有事；只要小孩不哭，就代表平安无事，所以，只要小孩不哭了，就没事了……当然，小孩本身很单纯，饿了，委屈，哭，给点东西吃就不哭了，但如果小孩年纪大一点，有心事了，你翻来覆去念"不哭"，恐怕就是另一回事。因为不哭，并不代表问题解决了。

如果你安慰过人，也被人安慰过，一定有这种体验：安慰者说的那些道理，什么要看开点，什么要节哀，你都懂，但你自己说不服自己，得听别人说了，才句句入心，说得你哭一场就会好些。本来嘛，道理谁都明白，大家都会讲。人需要的，只是一个肯听自己倾诉的对象。你可以安全袒露自己的软弱，听别人安慰。

实际上，在我看来，当一个人，尤其是成年人，遭遇不幸、压力极大的时候，安慰他"不哭"，叫他"别伤心"，都不顶用。如果对方遭逢大变，不哭、不伤心、很坚强，那是他的本分，但这并不代表说，问题获得了解决。就像相声里的段子：富人发愿，方圆二十里，不能见一个穷人。有一天，真见着穷人了，他一捂眼睛说："快把这人给拽走，我心都碎了！"同理，当一个人难过时，你不能单纯要求他"不哭"，然后让他脸色铁青，把不安和委屈憋在心里。

一个人经受灾难之后，心情普遍如下：害怕（害怕自己或亲人受伤，害怕自己崩溃，害怕灾难重来）；无助（觉得孤单，前途茫茫，软弱无力，委屈）；愤怒（为什么偏偏是我，为什么你们不帮我）；失望和希望交替出现。而贯穿其中的，总是委屈：为什么偏偏是我倒霉?!

你知道哭泣是有传染性的，一个人的哭泣，可以带动许多人一起哭泣，但如果你想安慰这么个人，就得让他倾诉，让他说。你如果要求他"一定要坚强""不哭"之类，这是堵，而不是疏。如果有人一边难过，一边强忍着不哭，你可以赞美感佩于他们的坚强，但说到底，那并非他们的责任。要表达支持有许多法子，给他们再施加任何一点压力，都是最不好的法子。

所以，如果你真心要安慰或支持一个遭遇了厄运的人，说"不哭""要坚强"之类，很像是在下意识地摆家长架子。你不能要求一个人经受了不幸，还得独自在心里承担一切。如果你诚心想安慰一个人，可以考虑这么告诉他：

你可以哭，你可以悲伤，你可以不坚强，你可以说你有多难过多害怕多委屈。在我面前，做这些是安全的，这些我都听着，而且愿意帮你想辙，在你哭过、悲伤过、软弱过之后，我依然会守在你身旁。

拧

蔡澜说，黑泽明一辈子爱吃消夜，理由："白天饮食补益身体，夜晚饮食补益灵魂。"晚年身体偶有小恙，医生劝他戒吃鸡蛋。他老人家本来不爱吃鸡蛋，一听此话，开始狂吃鸡蛋。"心有挂碍就是不好！"这调调，用《大宅门第一部》最后一集里陈宝国那句话说："不是越不叫我干什么吗？我偏干什么！"

日本文艺里，都有这种架势，叫矫枉过正也罢，叫拧巴也好，就是爱这么杠着。反差鲜明而不留余地。斑斓华丽到庞杂臃肿，清净枯寂到纤毫不染，至野蛮与至文雅之间打转。樱花易凋人生无常，热爱年轻即逝如源义经和坂本龙马这样的悲剧英雄，都如是。

从个人行为上来说，强迫症和拖延症其实是一个硬币的两面。

强迫症者多半曾经是拖延症者，走到一个极端后，觉今是而昨非，于是拧过来了。这事推而广之，其实可以远远说开来。人都说魏晋风度，嗑药喝酒裸奔哭笑无忌破衣服捉虱子，张扬至于猖介，《世说新语》这本八卦书，记的好些事都能直接当行为艺术看待了。而历朝最后归结，总要说到彼时政治斗争之恐怖、社会氛围之压抑等等。还都是拧出来的。环境压抑，于是需借药酒以自娱，再加上放歌纵笑来纾解，所以最荒诞的故事，都出于压抑的时代。都是拧出来的。

王小波有个杂文里写，西方人以物质需求得到满足而自喜，中国人则以人际关系得到满足而自喜。其实看《梦粱录》和李渔、袁枚那些写吃写玩的东西，中国人也追求物质享受来着。只是，如鲁迅所说，有些中国人（通常物质生活丰裕）就追求"披衣吐血看雪中梅花"的感觉，说穿了跟贾宝玉他爹一样，"不由兴归农之思"。他老人家爱归农吗？未必，但是在我们这里，归农啦、自然啦、淡泊啦，都被符号化了。其实也是一种拧。明清之际，每个儒家知识分子心里，都有个披发入山归隐田园的梦想作为支撑，也是一种拧。

从遵守纪律中获得快感，从破坏纪律中获得快感，本身都是种符号化的拧巴。越是年轻人，越没法摆脱这种诱惑。所以，无论你是封闭的也好，是张扬的也好，极端一点无所谓，只要占据道德制高点，总能轻易煽起许多人的快感。

话说，历史本身是种螺旋式发展的过程。每一朝都有封闭严谨和放浪形骸的两面。互掐之下，每一次封闭，都会比之前一次更保守，而每一次开放又总会比之前一次更大胆。如此者层层叠叠，规矩愈多，附加的东西也就越多。西方历史学家常会说，东亚的等级制度太森严了历史太悠久了，于是在各种禁忌和反禁忌的斗争间，酝酿了无数对立矛盾。最后，各类符号化的东西，不可胜数矣。

西门庆在《金瓶梅》里，每次寻欢作乐，都爱让他的几位太太叫他达达。这说法很多，有种考证说达达就是爸爸的意思。那么西门大官人大概能从中获取所谓forbidden love（禁断之恋）的快感，说到底还是一种拧。大概，历史越长，禁忌和反禁忌越多，大家就越能从拧巴中找到快感了。而我们也没办法，在我们动念头"不行，这回绝不拧巴"的瞬间，我们已经拧巴了。

是什么事在阻着你出门旅行

是什么事在阻着你出门旅行呢？

写《亚洲史》的罗兹·墨菲先生曾说，古代中国比起欧洲，颇为文明：地域辽阔却又常处于大统一态，人民出门，不必闯关过哨、层层盘剥——总比欧洲那时城邦林立、犬牙交错的局面好些。细想来，确实也是。比如宋朝，武松提一杆哨棒，凭一双脚板，就能够从沧州走到清河县，中间可能的障碍，也就是山林藏形的山大王、大树十字坡的蒙汗药，以及景阳冈上的猛虎。理论上，只要你胆子大，有些闲钱，就好出门了。日本江户时期，德川幕府统一，日本人就高兴：可以旅游了！戴好斗笠，扎好绑腿，出江户出具关凭，就能一路沿东海道走到京都啦。

而到了二十一世纪，山大王和蒙汗药只存在于小说里，你要是遇得到猛虎那都算是发现野生动物，都能上新闻。是什么还在阻挠着你出门旅游呢?

　　你可以说，缺时间。但理论上，半天的飞行时间，够容括半个大洲的土地范围了。你可以在周末出发，周日夜返，还有起码一天半，可以在你想去的城市游荡。实际上，你回忆去某座城市旅游的时间，会恍然发现，你真用于行走和观看的时间极少，更多可能消磨在纪念品店、酒店房间和机场之中了。

　　你可以说，缺钱。但古时裹干粮上路、风餐露宿的旅行者们，物质财富未必有我们如今丰足。实际上，他们没有汽车和地铁可以搭乘，旅行半径又小得袖珍可爱：我们一小时的飞机搭乘，可能就能远到许多旅行者一生都没达到的距离。

　　如是，最后的障碍是什么呢?

　　一个惯于旅行的人会发现，旅行的障碍，从开始规划旅程便出现了。首先，你会试图给自己容留出足够的时间，不想太匆忙，避免太疲惫；然后，你会比较几个酒店的条件和口碑，从早餐口味比较到浴室设备，务求让自己住得舒服；对所去的目的地自然也要细加算计，要在浩如烟海的旅游攻略里淘出真金，知道哪些所在不必去，哪些地方非去不可……当你习惯这一套流程后，你自然就会对旅行有这么一个概念。这就是旅行，连规划都这么费神了。你必须为之付出一大堆时间和精力，自然而然，你也希望从中得到快乐的回馈。所以旅行简直成了一次重大决策，一次赌博。

实际上，是这样么？

十八世纪，欧洲流行过"大陆旅游"。稍微有点家世的子弟，到二十岁上下，就要出门旅游。英国人对此尤其隆重，如果孩子回来能讲一口法语、一口托斯卡纳方言而且没染上梅毒，简直就要立刻成为绅士了。当然，这玩意挺花钱。十九世纪大风景画家柯罗，父母是帽子商和假发商，饶有资财，资助他去南欧到处玩，代价是，他经济不独立，得让爸妈养着，回到巴黎，连"周五晚上我不回家吃饭"都要特意请假。1831年，柯罗认识了另一个画家特鲁瓦永，偶尔诉苦，特鲁瓦永听得诧异，瞪大了眼睛：

"旅行哪有那么麻烦？"

特鲁瓦永是瓷器商人世家出身，他偷偷存钱，十八岁破户出门，随处漫游。逢老乡家借住草垛牛棚，吃干面包喝劣酒，衣服能保暖则可，只在鞋子上花钱。真没钱了，找一家瓷器铺打工，挣笔钱就走。用特鲁瓦永晚年的说法，"觉得旅行很费钱的人，都是舒服惯了。"

因为旅行是可以很简单的。旅行可以无关酒店、当地美食、行李托运、头等舱、热水澡、"你们酒店有没有WIFI（无线网络）"、点牡蛎会附赠白葡萄酒的餐厅。旅行可能就是穿双好鞋子，穿上不会冻到自己的衣裳，订好票，打电话预订一个简单的住处，带上银行卡，出门，找到最近的车站/机场，去到另一个城市，走，看，走饿了吃，走累了睡。来去都孑然一身，跟朋友说起时也不必亮照片和纪念品，只是简单地说一句"那地方我去过"。

因为旅行是可以很简单的，像一颗坚果，而现代文明的习惯，给这颗坚果裹上了奶油和巧克力，让这颗坚果看上去昂贵又麻烦。这时你或者只该问自己一句：你喜欢的，究竟是外面让你舒适的巧克力，还是这颗坚果本身呢？

一切都会好的，只要时间过去

　　每个时代，这类论调总是不息：觉得时代正日益糟糕，于是"过去的黄金时代"更美好。当然啦，"过去的黄金时代"，我们无缘目睹，但在口口相传的故事里，过去是最健康、最唯美、最优雅、最知性的时代，大家都崇奉一些古老的艺术，能诗善画、书法古玩、香茶竹舍、文采风流，那是"慢"的时代，"轻"的时代。相比起来，眼下这个时代，就太市侩、太机械、太现实、太快，诸如此类。于是，二十世纪二十年代的巴黎纸醉金迷，却在歌颂十九世纪末印象派横行的时期。十九世纪中期，丹纳认为文艺复兴才是完美时代。文艺复兴时期认为古罗马才完美。古罗马认为古希腊才完美。然后就一路回去无止境了……当然这也不新鲜：中国士大夫动不动还觉得尧天舜日的准原始时代才最美丽，虽然那会儿发大水，需要大禹带人到处疏，还传说他得亲自变成黄熊，太不容易了……

　　问题是：倘若你真回到1515年的罗马，会发现一些问题。当然，那个城市里当时云集了米开朗基罗、拉斐尔和布拉曼特，你找辆马车还可能找到达·芬奇。但随后你就会发现，那时代的普罗大众，知识远不如今日，脾气火暴，命案遍地，人身安全毫无保证，吃不着辣椒、玉米和咖啡，没有抗生素，人们没受过成形的体育锻炼和卫生训练，医生都是赤脚大夫，只知道给你放血。这个时代有伟大的人物，但只有那几个——实际上，所有"过往年代的伟大人物"，都只有历史浓缩的几个而已。

　　大家也可以念叨说，上古之世比较自然啊，而只有自然的事物，才是美好纯真的，所有诉诸电脑的、器物的、电子的东西或工具，都是不天然的。问题在于，非要论天然，则油画之于岩壁画、毛笔书法之于刀刻竹、弓弩之于徒手搏击，都是一种"不天然"。工艺美术设计本身，也是随着材质渐进的。精工制作的汽车、手机、玻璃窗比之于木雕、庭院、黑陶，只是材质不同，凝聚其中的智慧，并无二致。

　　这里的问题是：
　　当我们以古非今时，通常是以数千年历史浓缩出来的若干贵族精华，来比较如今的平民生活。单看十八世纪的法国宫廷画，会觉得那个时代风雅秀丽，远比今时日文明。但宫廷画不会告诉你，过去的时代并不全是牧歌。油画里的牧歌唱晚、小说里的沙龙贤达之外，是广大人民的困苦、瘟疫、霍乱，下层民众的苦难、迷信、人身不自由和经济压迫。

一个简单的结论是：

从大局范围来讲——所谓大局范围，是指别拿过去时代的少数精英和如今的普通凡人比，而是最大限度地用平民对比平民，从生活便利、健康状况、人身自由、精神和物质财富、视野广阔、居住条件等每个细节，都对位比较——现代技术的发展和社会制度的完备，对人类的肉体健康和精神陶冶，是在进步着的。时代总是有得有失，没法周全所有细节。但大体来说，是在越变越好的：二十世纪初人类预期寿命三十岁；现在，七十岁开外；你可以从电影里看到1912年"泰坦尼克号"的头等舱如何骄奢浮华，但也得看见下等舱多么拥挤狼狈——而且泰坦尼克号的头等舱都没有移动WIFI（无线网络）哟。

为什么我们会觉得时代越变越坏了呢？还是如上因素：所取的样本。

如果我们只截取过去千年里精英生活的部分，来对比当下的平民生活，自然会觉得过去更美好。殊不知，我们所提取的样本，其实也在变化。

比如说，我们所见识的互联网。

2014年往前推十年，互联网还流行在标题里写"多图杀猫"这句话，大家还规矩地叫BBS帖主为楼主，电脑系统里大多是win95和win98。那时节的BBS上，大家一边忙着骂张纪中如何用他的新版金庸剧，毁灭了记忆中的经典1983版《射雕英雄传》，一边忙着聊些别的；那时网络内容已经丰足，但论调尚有些奇怪：会有人骂美国人遭遇"9·11"实属活该，而后大家鼓掌影从。

2005年四五月间，网上一度在一边倒痛斥日本。我在上海住，某天沿延安西路走，看见一群人遮天蔽日地行进，每到一个路口，就对周围人喊："加入吧！"人太多，我骑不了车，只好下车推行，到仙霞路时才脱出人流，拐上另一边。隔着马路，我能看见人群围住一个地方，朝里面喊："出来！出来！出来！"有人攀墙，朝里面扔东西。有朋友后来跟我说，人民广场附近有味千拉面被殃及了。

那时代，大家都在传播类似的笑话：日本人为什么有井上、松下这类姓氏？因为日本女人放荡，愿意在这些地方怀胎受孕，要不然哪来的成人电影女优呢？网上还念叨着：只要抵制日货一年，日本就会亡国灭种沉入太平洋，所以国货当自强，然后才好踏平东京云云。

2008年春天，网上又是一边倒地要抵制家乐福。"要让法国人看看中国人的决心。"开始也有一些声音，会质疑："抵制家乐福这事到最后，倒霉的不是给他们打工的中国员工吗？"然而还是会有声音嚷道："不能被法国人欺负了！""反正给家乐福打工的中国员工可以换工作嘛！""如果连这点牺牲都付不起，你们真的只配做亡国奴！"那时，我周围有几个上网不多的朋友，反应可以如此总结：好像大家都要抵制家乐福？法国人一定欺负我们很厉害，我也不太知道，不过我也抵制吧……

2014年了，大家能用手机、平板、PC随时随地上网络了。你会时刻发现网络真乱，到处在吵架，但你也可以发现：现在嚷嚷抵制、叫嚣战争、泼洒仇恨的声音，比十年前小了。谣言传播速度更快，但被扑灭得也快，更重要的是，每一个事件，你能够听到许多不同的声音，许多人参与讨论——非常混乱，但至少是不同的声音，而且至少开始有些基本的正确政治观念。比如，现在不太会有人如十年前似的，说美国人"9·11"平民死亡是活该的了。

看看十年前、七年前、四年前对暴力和反智的态度，对比现在有那么多声音对暴力的反对和质疑，你是看得见进步的。

往深一点想：

十年前，互联网的使用者还偏少，主要是学生、商务人士、专业IT男。那个时代的互联网更像是小圈子。而这个时代，互联网是全民产物，草根的渗透力量极为惊人。所以，总会有人说，网上鱼龙混杂，笨蛋越来越多，真是今不如昔。但实际上，笨蛋虽然在增多，但明白人的数字，也在相应提高，终于也让众口一词的情况日益减少。把同样一段反智宣传放在论坛上，2002年可能引发一片赞声，2014年的回应则可能是"楼主高端黑""楼主钓鱼"——这个时代，大家都学得聪明些了，不那么好骗了。

虽然有进三步退两步的可能，虽然许多人还是有群体非理性+站立场党同伐异的爱好，但比起十年前，许多概念在互联网被普及了。这过程非常缓慢，但大体趋势毕竟是前进的。虽然会有许多新问题，但至少有那么一些概念成了必备素质，比如认定暴徒是浑蛋是臭流氓，比如相信完成判断需要更多信息而不能专靠一面之词——一些基本的正确的政治概念的树立，是有利于论辩氛围的。

一个习惯撒谎的流氓，总会想办法去哄孩子，但孩子是会长大的。当孩子还一无所知的时候，撒谎者可以随便欺哄他，比如指鹿为马，说隔壁吃的海参黑糊糊其实是坨狗屎，但孩子长大了，知道的越多，撒谎者就越难哄住他。如是，撒谎者也得想办法、耍手段来哄住这个孩子，比如造谣，比如吓唬，比如激将法。但你知道，谎话越多，被戳破的机会也越大。所以总会有孩子大了瞒不住的那天。

　　这过程很慢，慢过一头蜗牛慢悠悠爬上树顶。但看看过去十年，你会发现，蜗牛毕竟在前进，在看到越来越广阔的天地，有更多的对比、思考、选择。能看到问题，好过没机会看到问题。对现状再失望，你都得相信，阳光能照到的、我们能看到的越多，乌七八糟的暴徒张牙舞爪的机会就越少。反智、愚蠢、偏激、狭隘的东西会始终存在，而且他们特爱虚张声势，特别希望让你相信世界就是这么糟糕。但相应地，对他们的敌视也会水涨船高。最后，孩子总会长大到不吃哄不吃骗、拨云见日看到真相的那一天——这个孩子，就是我们周遭慢慢成长的世界。

　　一切都会好起来的，哪怕慢，哪怕曲折。只要你相信，只要时间过去。

第二辑

人生里，
总有
一段传奇
在等你

世上 万事，
　　　　不过是
一懒 二拖
三 不读书

百无一用是书生……吗

话说"百无一用是书生"这话，好像一枚翻天印，祭出来砸读书人脑门，百发百中，势必打落云端。这话当然有其他版本。文雅些的，如《围城》里这一段吃干醋：

苏小姐道："鸿渐，你学过哲学，是不是？"

赵辛楣喉咙里干笑道："从我们干实际工作的人的眼光看来，学哲学跟什么都不学全没两样。"

不文雅些的，就是：

你读那么些书，你能找到媳妇么？

要应答这句话，得问孙猴子。孙猴子其实是个考据癖，善于追根溯源。解铃还须系铃人。降青牛要去请太上老君，伏大鹏得去请大鹏的外甥如来佛祖。应这句话，得问原作者黄仲则：谁让你对读书人说这话散播不良情绪来着?

　　话说黄仲则当年写这诗,全文如下:

　　仙佛茫茫两未成,只知独夜不平鸣。
　　风蓬飘尽悲歌气,泥絮沾来薄幸名。
　　十有九人堪白眼,百无一用是书生。
　　莫因诗卷愁成谶,春鸟秋虫自作声。

　　清朝诗人,写东西界面大多不友好,句句有典——当然得开脱一句,黄仲则已经是比较不玩典故的了,"全家都在风声里,九月衣裳未剪裁"这种句子就很直白,听着简直像郭德纲《托妻献子》的惨样——所以得拈出来说。
　　首句说他干啥啥不成,第二句"不平鸣",出自韩愈安慰孟郊的话头,"大凡物不得其平则鸣"。孟郊当年需要韩愈安慰,不因为游子身上衣又破了,没有娘来密密缝,而是因为自己没考上。所以这段也看得明白了:
　　这就是黄仲则仕途不甚妙,心情大不好。《儒林外史》里周进考不上,是抱着门板哭;黄仲则文雅点,咱不平,但咱可以出点动静。
　　第二联,泥絮,典出"禅心已作沾泥絮,不逐东风上下狂。"后面"薄幸名"就是杜牧那个"十年一觉扬州梦,赢得青楼薄幸名"。考不上，失意落拓，江湖漂泊。

发了会儿牢骚，终于到了第三句：

"十有九人堪白眼，百无一用是书生"。

这里可不是黄仲则被读书人抢了广场舞地盘，决定挨个拔人家的气门芯，更像是自嘲愤激，自己拿自己使活。

这里多提一句了：

古来诗人，厚道些的都会自嘲。陆游有"此身合是诗人未"，苏轼还"我被聪明误一生"呢。看看就行，情绪话。

如果光是这么撒一句泼，黄仲则这诗就失之凌厉，不够敦厚。考不上大学就说高考生全都糟烂的人很多，但临了能圆回来的才显得先生之风山高水长。所以黄仲则就圆自己的话了：

"莫因诗卷愁成谶，春鸟秋虫自作声。"

这里还是用典，还是按韩愈劝孟郊的说法：

"择其善鸣者而假之鸣……以鸟鸣春……以虫鸣秋。"

所以黄仲则的态度是：不进庙堂黄钟大吕，咱到底还是可以跟虫子一样鸣鸣嘛。

如是，这诗可以简单概括如下：

我没考上；心情不好；漂泊无根，到处碰壁。考试真没劲，读书有啥用。

但是——所有精华部分都在但是后面——我还是找愿意听我的人（比如我自己），给他鸟鸣春，虫鸣秋吧。

整体而言，这情绪愤激但不消极。推而广之，可以演化成：
我是开不了炸酱面饭馆，但我可以自己做炸酱面吃啊！
我是当不了干部，但我可以自己对着地图过过干瘾啊！
我是出不了书，但我可以自己写自己喜欢的东西开心啊！

虽然有自我宽怀的嫌疑，但黄仲则这诗，颓唐里有洒脱。他先自嘲，承认百无一用是书生——当然这句话带情绪。但是又念叨：鸟都可以鸣春，虫都可以鸣秋，何况人。洪亮吉说黄仲则"咽露秋虫，舞风病鹤"。他是病，是秋虫，但还是可以咽露，可以舞风。

所以以后有人跟你说"百无一用是书生"，你可以直接甩这诗押尾两句："莫因诗卷愁成谶，春鸟秋虫自作声。"然后接着说："黄仲则自己都说了，还是可以物不平则鸣的嘛。有钱难买爷乐意。"

当然，本文重点不在于此。
张维屏——写诗歌颂三元里那位——说：
"夫是之谓天才，夫是之谓仙才，自古一代无几人，近求之，百余年以来，其惟黄仲则乎。"
包世臣是个爱吹的人，书法上，"自拟右军第一人"，但很看得起黄仲则，"乾隆六十年间，论诗者推为第一。"
《围城》里，董斜川口气极大，苏东坡都看不起，但概括起时代来，还挺客气。说他老爹"他到如今还不脱黄仲则、龚定庵那些乾嘉习气，我一开笔就做的同光体。"好歹黄仲则是乾嘉习气代言人了，这可不容易。乾嘉时代，大半个世纪呢，一个人代言，这霸气。

黄仲则觉得自己不得志，百无一用是书生，但就这么春鸟秋虫，读书写诗，三十五岁死掉，也成为有清一代大诗人了。周星驰在《国产凌凌漆》中说："就算是一条内裤……都有它的用处。"黄仲则就是这个意思。哪怕百无一用是书生，哪怕功名不立，咱做个春鸟秋虫，也可以发出鸣声嘛——而且他以身作则，虽然身前不得志，到底留名历史了。

这样一个人说"百无一用是书生"，就属于撒娇。

草蜢乐队唱励志歌，"三分天注定，七分靠打拼"。赵翼就要唱反调："到老始知非力取，三分人事七分天。"草蜢乐队肯定不爽：说好三七开，你怎么七三开了？

但赵翼是什么人？不到三十岁入值军机处，下笔千言，蹲地上都能写文章，倚马可待的刷字魔鬼，这是创作速率。三十四岁状元，本来要拟第一，乾隆认为清代陕西还没状元呢，取了他第三，这是才华。

他凶猛地完成了《廿二史札记》这种吓死人的玩意，使其成为清朝三大史考名著之一；论诗则与袁枚、张问陶并列。勤奋、学问、成就和才华，都够。这么个人，老了往地上一打滚一扯胡子，"三分人事七分天"，这是什么呢？撒娇。

曹操当年辞让封县，说他少年时的理想，也不过是死时坟墓上来个"征西将军曹侯"罢了。他这么说，是谦抑，是自夸，是撒娇。张佳玮写一句"我少年时的理想，也不过是坟墓上来个征西将军张侯"，这就是作死了。

撒娇的话之所以动人，是因为特殊的人说将出来了。黄仲则有资格拿自己开涮，百无一用是书生；赵翼有资格做结论，三分人事七分天。他们说这话不会有反智的嫌疑，因为他们的成就书之竹帛了。没到他们的境界前说这话，就有自己作死之嫌疑。

何况他二人撒娇完了，也没自暴自弃呀，还是该写诗写诗，该著书著书去了，"我们就是春鸟秋虫，要鸣"。这就属于门门考99分的人，先感叹考不到100分真糟糕，是要靠天分的呀，回头说算了，99分也行。对大多数为了及格奔忙的普通人来说，这些学霸的话也能听得吗？

说实在的，大多数人努力一辈子，也就是为了争取一点资格，让自己说"哎，读书其实也没啥用""说到底还是要靠天分啊"，底气没那么虚罢了。

抵制

　　个人搞抵制，古已有之，因为常是以一人之力抵制庞大的对象——一个人抵制另一个人那叫生闷气——许多抵制故事显得很有气节。

　　铿锵灿烂的历史车轮之旁，总有新绿野草沉澹苍茫。周文王渭水畔请了姜子牙，周武王数尽纣王无道，聚八百诸侯去应天承命，阻止纣王继续施炮烙刑罚，但伯夷、叔齐听了觉得不靠谱，决定抵制周朝，不食周粟，逃进首阳山，活活饿死了。当是时也，天下人都在歌颂周朝盛德，应天顺命，只有伯夷、叔齐这一点文绉绉、无力却坚决的反抗，为商朝殉了葬。

　　这样的抵制，自然庄严，但殉死这种事，毕竟太惨烈。世上你死我活的矛盾，确也不多，所以就有些消极的抵制。东汉末，天下大乱，管宁躲去辽东，朝廷请他不去，曹操唤他不理。平时戴顶白帽子以示节操，最夸张的传说里，他坐卧在一座楼里，都不肯履足土地，大概嫌外头乌烟瘴气，怕被诸侯割据的野心弄脏。今世有宅男，管宁可称楼男。类似的做派，还有五石散的老祖宗、魏晋著名美白大师何晏，此人天生奇才，所谓"明慧若神"。曹操从来爱美男子——他手下的谋士：荀彧出名的俊脸还爱熏香，程昱大高个子胡子漂亮，郭嘉不羁又倜傥——所以也看上了白而且美的何晏，把他招进宫里，"来做孤的女婿！"何晏往地上画了个方块，往里面一坐：这方块就是我家，不出去了！当然，何晏最后老实娶了曹家女儿，做了驸马爷；比起老管宁八十多岁都没做官，抵制得不算彻底。

古人笃信"高手在民间"，越是隐逸之士卧松游云，越是高深莫测。比如陶渊明抵制朝廷，而且吹牛，明明只做了十三年官，张嘴就是"一去三十年"，大家都说好，高风亮节。这风俗起来，许多才子求仕前，先去高卧几年，吸纳云气，抵制一切征召。以后走出来，周身云气游龙惊凤，给自己营造高贵气和神秘感。但这样闹，也有玩砸了的。比如孟浩然四十岁前，在峡山南园隐居，抵制一切公务员待遇；后来有年纪了，跑去长安谋仕。本来姿态颇高，可是不小心写了"不才明主弃，多病故人疏"。玄宗皇帝不高兴了：明明是你抵制我，却说我把你放弃，明明是诬陷嘛！本以为只有后宫梅妃杨妃才打闹，你个孟老头子也跟我撒娇，边去边去！

于是，孟浩然这辈子只好做隐士了。

千年后满清入关，满汉不两立，大规模抵制又开始了。黄宗羲这样的大才子，被朝廷车驾请了很多次，自己虽然抵制到底，但最后还是动了动手，让儿子黄百家去帮着修《明史》了。大才子傅青主是被招了博学鸿词，得进京做官。为了坚持抵制，傅青主琢磨了下自己的特长：我懂医呀，好！拿特效泻药当饭吃，肚子拉得稀里哗啦，人都拉成管子了，上面灌下面蹿，这就没法进京了。君命如山，下头的官吏还是硬起头皮，把他老人家七手八脚抬进了京城，一路上不知伺候了多少屎尿。所以抵制不容易，都得豁出肚子来拉稀。

有些传说里，伯夷、叔齐饿死还有点波折。他们抵制周粟，于是在首阳山吃薇菜，但有人就跑去说："普天之下莫非王土，薇菜不也是周朝的么？"伯夷、叔齐于是只得抵制到底，就饿死了——鲁迅后来还为这写了小说。司马懿有段时间抵制曹操，不想做官，在家装风瘫，躺着不动。哪怕见了曹操派来的人，也还是得冒着生命危险装到底。所以上古之人为了抵制，脑袋都得拴裤腰带上，拉拉肚子什么的，真已经是很小的事了。

商业时代，抵制起来就少了许多生命危险，你不买就行了呗。十九世纪，拿破仑和英国人打仗，特拉法尔加海战输了，打不过英吉利海峡去。拿破仑眼珠一转：你英国人不是靠海外贸易赚钱么，我抵制英货，亏死你！他号召法国人抵制英国货。开头两年，真有效。英国出口下降，法国棉纺业大发展。可是拿破仑还是想简单了：英国人没法卖货到法国，可以走私到中欧啊，可以卖给西班牙啊！拿破仑去打西班牙，结果"半岛战争"僵住了，历史书所谓"深陷在西班牙战争的泥潭里"。英国人也生气：这科西嘉矮子，断我财路，容你不得。没制海权还敢抵制我们？不知道现在海上走都是我们收保护费么？英国于是对法国来个反抵制，看谁熬得过谁，波尔多、南特这些法国港口，立刻受不了了。拿破仑战争过去后，法国和英国的经济差距大到追不上。

二十世纪三十年代，中国也抵制过许多次日货。但千家驹先生1932年写过篇论文《抵制日货之史的考察并论中国之工业化问题》，大概意思：抵制日货的次年或第三年，日货输入反而激增。所以中国民族工业不发达，抵制日货不是根本办法。除去义愤地抵制之外，要从根本上改变这种状态，必须从发展我们自己的民族工业着手。实际上，上海北京那些大亨，何尝不知道这道理，这不妨碍他们抵制声喊得山响。北京当时有聪明的绸缎庄乘机发财，抵制声喊得响亮，私底下请贵人进库房，高价卖日本布；上海有过"土布运动"，嚷嚷抵制，实际上是推销自家劣质布。所以到最后，生意人总有机会赚钱。

这些故事如果有什么可参考的意义，无非如下：

上古时节，抵制是个很端庄很个人很有气节的事，也确实有仁人志士显示高风亮节，书之竹帛，坏处是有一定危险。而商业流通发展到这个时代了，要搞抵制，结果总是两败俱伤，看谁熬得下去而已。有实力的搞抵制，比如英国搞法国，可以让对方头大如斗；但如果自身都问题一堆，还搞抵制，后果就不是很妙。当然啦，你说不能按后果来算，抵制注重的是气节，表的是态度！这固然好，有伯夷、叔齐之风，但还是得警惕：在许多时代，抵制声嚷得最大的，通常得利也最多——虽然我们未必看得见就是了。

最后一个故事。

以前，巴尔干半岛出橡树，橡树果是好饲料，所以塞尔维亚人民养猪成风，每年有上等好猪出口，口碑甚佳。奥匈帝国担心塞尔维亚日长夜大不好收拾，寻思斩草除根，从猪下手，猛提猪进口关税，就差挂起口号：为了奥匈帝国，抵制塞尔维亚猪！塞尔维亚人养猪亏本，农民贫苦，气炸了。一边另找销路，一边寻思怎么给奥匈帝国来一下子，报这一猪之仇……后来的事众所周知，1914年出了萨拉热窝事件，塞尔维亚人刺杀了奥匈帝国王储爷，然后一战爆发了……

如果我跑去跟塞尔维亚的猪说：就因为在买卖你们的价格高低上做手脚，导致人类互相抵制互相仇恨，最后搞刺杀、闹矛盾，还打了世界大战，猪一定会妄自尊大、仰天长笑：这些愚蠢的人啊！

如何让女主角死心塌地送上门

　　许多鬼狐仙怪的故事里，女妖和妓女的地位相似：普遍美丽，但低人一等。比如宁采臣和聂小倩，许仙和白娘子，都是美女上赶着找穷书生。这等美事，穷书生百世难逢，但这时偏有法海、燕赤霞这种牛鼻子或秃驴，前来喝破："孽障！你乃是妖！"立刻美女们就好像被人揭了丑事，打了折扣。而妓女们亦然。像杜十娘，无论自身多美，对男人多好，因为过去的历史，总有点原罪。最后结局虽然形象明亮，但代价极大：怒沉了百宝箱，自己也惨烈殉节了，这才能让男人后悔一下。

　　妓女们被低看一眼，可以理解为男权社会习惯使然。妖怪却做错了什么，非得虚构出来就平白低人一等呢？在大部分书籍里，人家妖精普遍容貌美丽、演技高超、神通广大、聪慧可人、功能全面，虽然大多数内心有点阴暗，但也自由自在。这样的妖精也不坏，何必上赶着勾引你们这些肩不能挑手不能提的宅男穷书生？

写书人的世界观，通常这么解释：首先，从人类角度来看，妖精的品德有问题，是其原罪；其次，妖精通常要吸人类的阳气，要吃人心之类——因为妖魔鬼怪伤害过人，所以人妖不两立。问题是，这是人类角度，妖害人类，好比人类吃猪肉吃牛肉。妖类何必为此有心理压力？

另一种常见套路是：妖精日常勾引点人，是为了吸点阳气以保证活动能力；难得遇到个坐怀不乱的，便引为知己与君子，开始追求从良。这种态度似乎更说得过，但定位听来还是很像杜十娘。

实际上，大多数女妖都被设定成了妓女的幻影。她们温婉美丽，胜于大多数人间女子；她们明明有凌驾人类的能力，却不去统治人类，却还要像黑社会洗底一样委曲求全，像妓女一样等待被救赎，一旦有个人类拿点真心，就舍弃一切迎难而上。好像妖天生就低人类一等，对人类有歉疚之情，活该倒霉似的。

这么设定，最后的得益者是谁呢？书生。首先，因为对妖（或妓女）付出真心，要救她们脱离苦海，于是书生们道德上很是伟岸；引得女妖们死心塌地跟他们后，肉体上又获得了回报，真是精神肉体的双丰收啊。这就是写书者的结论了：把女妖们设定成妓女一样待拯救的、给点真心就愿意死心塌地一生一世的角色，再赋予她们完美容貌，然后就可以乐滋滋地享用她们啦……比如柳毅救龙女，先拒绝人家姑娘一次，获得了精神高度，最后还是娶了人家姑娘，两不误。

同理推广，赶考的书生如果没遇到待赎身的妓女、待拯救的妖女，那大有可能遇到某个尚书、宰相家的独生女儿千金小姐。这小姐家必然有个无人防备的后花园，她身边还必定只有一个丫鬟。这家里必然豪富无比，可小姐却一心向往自由，于是书生既解放了小姐的精神，又得到了小姐的身体，最后还一定高中归来……类似的想象，评书里也有。比如，英俊少年、白袍小将上阵，对面常有个美貌的姑娘，编点什么"我师父早将我许配于你"一类理由，愿意主动求亲。白袍小将必然不答应，一脸正气，但扭不过姑娘有本事、有情谊，半推半就地从了，还得是姑娘主动——杨宗保娶穆桂英啦，薛丁山娶樊梨花啦，皆此类也。虽然人家姑娘本事高，但架不住男人们姿态高，先一步占住道德优势和上风，就得劲了……大到元明各类才子佳人传说，小到田螺姑娘，的确到处都是"小伙子心地好，姑娘主动送上门"式的故事。有小伙主动送上门的故事吗？有。萧史来娶弄玉，最后把弄玉一起拐走了，还吹着箫。

类似的手段，散见于大量武侠作品里。比如女侠女扮男装，和少侠结伴而行，结果某天女侠洗澡时被少侠撞见，就忽然从一个自由主义女侠，变成了小鸟依人的封建思想美女，举着"都被你看了"的旗帜，投入少侠的怀抱；又比如少侠中毒，必须吸毒疗伤之类，女侠本着治病救人的精神完了事，又忽然摇身一变举着"男女授受不亲"的招牌投入了少侠的怀抱——这些说难听点，有点拿肉体做道德绑架的意思，总之女孩子无论平时多么豪迈潇洒不让须眉，一旦被男人看了摸了抱了，就得立刻主动打包，送上门去归了男人……

自古及今，一直有种故事套路是这样：穷但纯情的主角有位意中人，她嫁了个富贵但凉薄的丈夫，于是回头来才念及主角的好。这种写法其实很狡猾，而更邪恶的手段，是预设对方低自己一等的立场——通常是道德层面。比如，让妓女和妖女们从一开始就自觉低人一等，于是必须主动来缠书生；比如，让女将们自甘为奴妾，于是必须主动对小将们投怀送抱；比如，把情敌先写得外表完美，然后设定其心灵贫瘠，所以心爱的王子只好求着灰姑娘，来获得心灵的救赎（《简·爱》就是这种写法）；比如，一个男人虽然有家世但身体坏了，所以女主角会毅然放弃豪富而选择更自然健康的夫妻生活（《查泰莱夫人的情人》）。情节各异，手段都差不多：都是预设自己有些优点为对方所没有，于是对方必须舍弃一切追求自己……

　　如此话说回头，当一个极度夸大道德和男权精神层面的世界观出炉时，你真得替女主角留心。她可能因为当过妓女或妖精，被摸、被看、被抱、被父母指婚、空闺寂寞、嫁过人等无限多的方式，掉进舆论营造的道德劣势，自觉低人一等，需要男人救赎，于是主动送上门去给男主角。更恶劣的是，通常男主角还得三推四推，非得让姑娘义无反顾死心塌地，自己才坦然笑纳。于是一面庄严肃穆深觉自己高尚透了，一面开始享用姑娘的肉体。

文艺中的政治不正确

依现在的眼光，《水浒传》里，许多英雄好汉的人品，不比《金瓶梅》里的西门庆高明。鲁智深为了喝酒，打坏一庙和尚，还踢卖酒人的裆，简直要让人断子绝孙；周通是个抢亲未遂的流氓；晁盖们说蔡京是奸臣，然后就合情合理去劫生辰纲；孙二娘开黑店，王英吃人心，李逵杀人如麻，戴宗讹钱虐囚。相比起来，西门庆虽然把武大郎、来旺儿、花子虚的老婆都沾了手，但下手毒害的，也就是给武大郎来了点砒霜。

可是施耐庵书一开头，已经打点过了：这一百零八将，并非道德模范；不管天罡地煞，都是魔星。这一来，就让人作声不得。人家开宗明义，说主角是坏蛋了，你要批要啃，也无处下嘴。

中国古代小说，主角都不是啥好人。贾宝玉是混世魔王，"腹中原来草莽"；孙猴子师兄弟三人都是妖仙，唐僧是个窝囊废；《三国演义》里三绝，关羽义绝但傲，曹操奸绝是坏人，诸葛亮智绝但近妖，坑起周瑜来也不太君子；《儒林外史》里，负心多是读书人，真没几个好人，好容易有个马二先生这样的善心肠，陈腐得发馊，又馋又迂，看着都让人着急。

评书里头，类似刻画。薛丁山对樊梨花、杨宗保对穆桂英，都是负情寡义小白脸，痴心女子负心汉，看着都招人恨；《三侠剑》里主角胜英，武功真是稀松平常，思想觉悟也不算高；《说唐》里，书胆基本是秦琼和程咬金，前一位名动天下，但到处被人追着打，后一位挥完三斧头，耍个宝顺便带挑事，让人乐得哈哈笑，恨得牙痒痒。

金庸写小说，也逃不过这关：陈家洛、袁承志这种全知全能型的主角，文武全才，于是一路平铺直叙，没劲；杨过偏激狭隘，令狐冲任性疏狂，张无忌优柔寡断，韦小宝更不必提，这几位一身毛病，然而写来却神采焕发。

《射雕英雄传》里，黄蓉策划了大石头压欧阳克的邪招，很高兴，"翻了两个空心筋斗"。我觉得很怪：空心筋斗？那是孙大圣；黄蓉绝代美女，翻筋斗？后来想想，发现郭靖加黄蓉，其实有点二师兄加孙大圣的意思。二师兄憨厚鲁直，孙大圣精灵古怪。郭靖加黄蓉这对主角组合，于是有了奇妙的人格：剧情需要他们朴实时，郭靖的意见会占上风；剧情需要他们耍诈时，黄蓉便负责做恶人。

主角不能是滥好人，不然出不来矛盾；主角不能太强，否则一路无风无浪；主角得有足够的活动能力和社交圈，比如宋江那样满世界溜达，被无数人"纳头便拜"。说到底，主角不必要做好人，只负责串联起一整个好故事。

但好故事，又不只是真善美、大团圆。实际上，好故事大多有邪气，有妖气。

《基督山伯爵》的故事予人的快感，其实颇为阴暗：基督山在暗，三位仇家在明，才得以自由肆意玩复仇。而之前基督山（唐泰斯）的受冤入狱，其实更像是"给主角一个复仇的合理借口"。

《伊利亚特》里，阿伽门农抢走了布里塞伊斯，所以阿喀琉斯撒气不出战，也有了正当理由；赫克托耳杀了帕特罗克洛斯，于是阿喀琉斯去杀赫克托耳，而且蹂躏其尸体，也有了借口。

人是愿意阅读一些残忍、凶恶、恐怖、扭曲的故事的。张爱玲小说《等》里头写，民国时期，上海有些俱乐部放电影：战争片，死者枕藉。庞医生边做推拿，边悄悄打听，想去看"打得好一点的"，"人死得多一点的"，还嘿嘿笑。

还是说《水浒传》：里头的好汉，有些好酒，有些残忍，有些暴躁，没一个有正形。但大体上，他们都不是庸庸碌碌的凡人。鲁智深抱打不平最后出家，武松为报仇杀嫂发配，林冲忍耐良久最后草料场辣手杀人，杨志不堪骚扰一刀杀了牛二，宋江被阎婆惜逼得一口气上不来，一刀勒了人家脖子。道德上来说，当然无甚可夸赞处，但统共说起来，都是这回事：忍不住那口鸟气，哗啦就开了杀戒，让人甚有快感。说穿了，《水浒传》里许多憋屈鸟气、贪官污吏，都是给好汉们路见不平拔刀而起提供个借口。谁真在乎金翠莲和镇关西那点小九九吗？鲁达只是要个借口，过去调戏人家卖肉的，骗人家寸金软骨、肉剁臊子，最后三拳打死人。

伟大小说家，未必写得了好人，但写恶人都极拿手。世界观人人都善良的小说也有，但少，而且平缓，不刺激。好玩的小说，比如奥斯丁笔下那些乡绅，需要庸人；跌宕起伏的小说，则需要恶。福克纳、陀思妥耶夫斯基写的好人，都不太可信；写的坏人，一个比一个逼真。《红与黑》末尾装模作样，让于连忏悔了半天，但毛姆说了：这书的价值全在于连勾引那两位女人的过程。什么道德不道德，都是扯淡。巴尔扎克写好人，无一例外写成羔羊，偏写葛朗台老爹这种吝啬鬼、伏脱冷这种坏蛋，个个都是世界文学史经典。

莎士比亚为什么伟大？哈姆雷特磨叽，李尔王昏聩固执，奥赛罗是个大醋坛子，麦克白夫人心如蛇蝎。他写的名悲剧主角，缺点堆成山；而哈姆雷特与鬼魂、李尔王的荒野惨运、奥赛罗和老婆一起死掉、麦克白夫妻半夜里谋划弑王，都是黑暗幽森。他老人家对人性的缺陷和阴影把握得很精确。他才不在乎你是好人还是坏人呢，只要出戏，撒开写。雨果老爷子惊才绝艳，可惜就是这点上磨不开面子。谁都不敢说他写得不好，但在好看度方面嘛，就稍微打点折扣了……

如是，好作品不需要善良的主角，只需要能出戏的主角；好作品不追求真善美大团圆的世界观，因为人的本性里，除了爱与善良，还需要看点杀戮、阴谋与色情。可是，世上是有道德这回事的。《包法利夫人》《金瓶梅》《查泰莱夫人的情人》，都挨过禁。理由嘛，无非是主题太不光明了，太不健康了……这就是个矛盾：伟大作品中，主角大多不是好榜样，情节和取向也颇有不健康处啊……

可是，这点小事，哪里难得到施耐庵和曹雪芹这种大才子呢？这就回到开头，施耐庵用的法子了。

施耐庵自己是湖海豪杰，跟张士诚混过，自己也算个义士，兵戈杀伐都见得多，绝不是个和平主义者。但他偏要在开头写：梁山好汉是群魔星……好，接下来我来聊聊，这些魔星是怎么烧杀劫夺、杀人放火、走马扬鞭、快意恩仇的……

曹雪芹自己锦衣玉食过，过的是腐朽堕落的生活，常说回思当日闺阁儿女，有惭愧之意。其实这惭愧不是"觉今是而昨非"，倒像张岱回忆自己吃螃蟹时，"惭愧惭愧"的意思。他写贾宝玉是混世魔王，腹中原来草莽，句句看似是贬，但看明白的都知道，他时不常就贾宝玉附体："我就是这样子，贾政老爷子您气死了吧？"

如是，施耐庵、曹雪芹、吴承恩三位，都有点撒娇气。表面一看，那意思：对对，我们承认梁山好汉、贾宝玉、孙猴子都有这样那样的毛病，我们也写他们有毛病了……但看透了书，你就能觉出他们骨子里的傲来：

我骂他们了，我知道他们挺浑，可我还是很爱写他们的，怎么着？

所以你看，对伟大作者们来说，相比起善良和真诚，狡猾这种资质，其实更重要些。

（顺便一提：这种手法，不只小说里用。二十世纪九十年代，火车报摊上，经常有些《法制文摘》之类卖。里面连篇累牍，多是各类性侵害案件。格式也差不多：先指责几句罪犯，然后就展开描述犯罪过程，罪犯如何对女子下手，如何残忍恶毒，详细得让人觉得诡异。类似标题看多了，才能得出结论：搞了半天，这其实就是擦边球软色情描写嘛……）

王小波：一个过于正常的人

　　判断一个时代好与不好，我个人以为是这样的：好一点的时代，第欧根尼躺在桶里，让亚历山大给他挪开点别挡着光，能够获得尊敬；李白在酒肆里大笑吟诗，嘲弄首相与弄臣，君王含笑默许。在（可能）不那么好的时代，第欧根尼成了一个被嘲笑的浪荡子或者办公室职员，李白成了一个誊字员或者娱乐记者。

　　在以前那个时代，王小波这样的人写的小说，某段时间要靠大学生传抄和耳语来传诵。直到他故去，他的小说才能出版，而且，被许多的人误读，我不知道这时代算好还是算坏。

　　他已经有许多标签了。有许多美德和智慧值得赞颂。譬如，现在读《我的师承》和《寻找无双》的序时，那种谦逊与骄傲并存的强大气质，便可以使人不读其文便可知其人之雄浑。自由，诗性，精神家园。他身故之前，独自写着（我个人认为）伟大如语言巴别塔的《万寿寺》，独自造着《青铜时代》的伟大长安城。一如《黄金时代》后记里所提到的英国人用雾和笔画伦敦，他用字写一个超拔于现实的空中花园。

他是不是大师什么的，也是另一个话题了。对有些人来说，完美刻画时代之样貌的人是大师。对有些人来说，寻求语言的突破和重塑的人是大师。对有些人来说，悲天悯人地道出世界悲剧的真谛的人是大师。然而一如《寻找无双》序里所引的《变形记》之诗成大论而言：吾诗已成，不可毁灭。

我们可以读到他的早年小说——《这是真的》《歌仙》《绿毛水怪》这些东西。比起他故去前几年写下的不朽篇章，早年的小说缺一些火候。然而即便如此，你依然可以——或者是我一厢情愿的看法——从早年小说中感觉到他的与众不同。他的力量、趣味（一点可爱的恶趣味），对媚众形式束缚的挣扎，体现得极其明晰。就像一个健壮的男人被奴隶主限定了一种体位去从事毫无快感的性行为一样。到后来，拘束被打破了。他是行吟诗人，举重若轻了。可以在白天对每一处景致——或者他自己的想象——行吟，在夜晚轻松地使女子神魂颠倒。

仅仅把他看作一个卡尔维诺、莫迪阿诺或者奥威尔的模仿者显然是一种冒犯。不露痕迹的《黄金时代》修改了十年，到最后已经达到羚羊挂角无迹可寻的圆润。《万寿寺》依然有卡尔维诺、莫迪阿诺约略的痕迹，但其内涵超脱出《寒冬夜行人》或《暗店街》了。他的师承能够被阅读和感觉出来，但他一一超越了他们。直到他强大得不可思议时，他的生命到了尽头。

我到现在依然认为《万寿寺》是二十世纪最好的汉语小说之一。《红拂夜奔》和《寻找无双》既已将现实世界神话化后，《万寿寺》已经是在构造一个全新世界了。但《黑铁时代》那本书的问世可以使人们看到，一个能写出《青铜时代》如此恢宏之作的人物，也曾经在十多年前写过《三十而立》这类差距巨大的小说。事实上，直到他写出磅礴作品时，他还是没有令人敬畏的大师的样子——他的小说使你产生敬畏感时总是无声无息。在阅读时你感受到快乐，当你回味这种快乐时才陡然觉得：他居然可以让你保持如此之奇异的阅读体验。

只对我个人来说，他的书教会了我许多东西——《我的师承》里对翻译和语言的看法，他对于文体的看法。通过他我才了解了罗素、马尔库塞、卡尔维诺、奥威尔、莫迪阿诺（最后这个名字我第一次看到是《万寿寺》里）、《太平广记》、维特根斯坦（这个名字我首次看到，也是从他一篇杂文里）等等。但到最后，他最可贵的地方是，《万寿寺》结尾写：

> "一个人只拥有此生此世是不够的，他还应该拥有诗意的世界。"

王小波的小说如果有个主题，那就是一直在写智慧的遭遇、人的遭遇、人在异化世界里的遭遇。王小波的杂文如果有个主题，那就是反复告诉我们，理性、智慧、趣味这些东西是好的。他本人在不同篇目里都说自己爱吃爱玩，还想化作天上的云。他就像旁观陈清扬与王二做爱的那头牛一样纯真。你能够感觉到王小波是个奇异的人，但那不是因为他本身奇异。

到后来你会明白，那只是因为他过于正常，而与这个扭曲的世界反而格格不入——看过《红拂夜奔》的都明白。

雨果说到他理想的耶稣时说："那还超越神——那就是人！"我想说的是，到了最后，王小波依然是一个正常的人，他一直倡导的并不太难，始终只是成为一个理性、有趣味、有自知之明的人。就像第欧根尼以及希腊的许多哲学家一样：他是一个过于聪明、过于健康（主要指精神）、过于理性、没有太被周遭异化，总之过于正常的人。

在黄金时代，王小波这样的人可以信马由缰地流浪和叙述。

而在我们这样的时代（或者，他那样的时代）他才会显得那么奇妙和格格不入——就像王小波崇敬的那些诗人翻译家，就像《黄金时代》里与周围格格不入的陈清扬和王二，以及《红拂夜奔》里老了之后的红拂。重复一遍《黄金时代》后记里那段子：人们看到印象派画家画出红色天空，便加以嘲笑。

而王小波之于我们的时代，就是那个明白真相，而且始终追寻蓝色天空的人，是曾经生活在这个时代的第欧根尼。

脑补最美丽

　　小时候看电影，每逢灯光变暗，男女主角彼此色眯眯打量，开始勾肩搭背时，我就心头痒痒，想接下来一定有些好孩子不能看的场面……孰料镜头一黑，转过头来已是天亮，男主角光膀子裹被单睡在床上，女主角穿件不合体的男式衬衫，捧着早餐盘外加满脸甜蜜出现在床头。不问可知，他俩成其好事了，可中间发生了什么呢？自己脑补吧。

　　梁羽生先生写小说，也是这么个劲。男女主角历经坎坷，一拖再拖，终于不好意思再辜负读者，被迫洞房花烛时，也会来这么一句："获得了生命的大和谐！"没了，自己脑补吧。所以人们为什么觉得古龙够劲？因为古龙的小说里虽然蛇蝎女子千篇一律，但蛇蝎女子们总愿意露出"修长的腿"，好歹给点素材。不比梁老师，

吻戏就是极限，衣裳都不稍解，一进洞房就吹了灯，然后"一夜过
去"，还黑咕隆咚的。

对读文字的人来说，脑补是种必备素质：一切想入非非的无
边界的美好，都来自脑补。以前说评书的老师殷勤，出场一位少年
将军，戴的冠、束的带、剑眉入鬓、鼻直口方、两耳带轮、骑什么
马、使什么枪、枪上的缨子什么样，都给你描述一遍——这样你自
然就能脑补出个样儿来了，但这样容易落了实处。聪明的小说家知
道一种技巧，比如金庸写超级大美人，从来对容貌只轻描淡写两
句，主要描述围观人群如何屏息凝神、心魂飘飞。这么做的坏处自
然是：大家脑补出来的美女，各有各模样。所以每次金庸剧一选角，
就要吵翻天，结果无非是："啊！选出来那个谁着实太丑啦！"

还真有讲故事的，专利用人类脑补的能力。比如吧，十九世纪
的托尔斯泰、巴尔扎克那几位，把全知角度讲故事发挥到了极致，
把每个角落塞得满满当当，故事讲得饱满结实，以至于福楼拜认为
"所有的故事都在十九世纪被讲完了"。可是架不住有人出新招。
海明威后来回忆二十世纪二十年代，自得地总结过笔记："只要故
事在自己脑子里叙述得很完整，那么，写作时剪掉其中一部分，也不
会影响读者的阅读。"然后就祭出了他著名的"冰山理论"。这招影
响了一代人，自他而后，大批人都开始这么讲故事：情节说一半留一
半，你自己想去吧！言外之意、弦外之音、水下冰山，诸如此类。

可是说到利用脑补，海明威还只是后辈。早在南宋时，中国画家已经很熟练地利用起了南方天气的好处：烟波浩渺，水气蒸熏，不比北方怪石嶙峋、山树干涩。画水墨山水，写一半留一半。南宋两位名家夏圭、马远，一位绰号夏半边，一位绰号马一角。半边一角之景，其余用烟水点染，含蓄温厚，又不失风度，还不用费劲巴力像五代时的诸位一样，老老实实，把画撑得满满当当。由此推论，美人要半遮面，诗歌要托物言志，皆如此也。

十九世纪初，拿破仑称帝，法国人颇闹了一阵子新古典主义。那时节，女装就爱玩高腰、短袖、长裙，以及很紧要的褶皱和蕾丝花边。可以说，蕾丝花边的大规模流行是打巴洛克时期延伸到帝政时代，然后在十九世纪后半段统一世界的。而蕾丝花边的妙处，无非就是镂空半透明，若有似无，需要脑补的这么个朦胧美感了。

当然，脑补这个事情，道高一尺魔高一丈。美国南北战争前后，南方姑娘打扮的要紧点是束细腰、少露胸、大蓬裙，胸腿这些所在多设蕾丝，让少爷们自行脑补这姑娘的美妙身段。但遇到高手，这样的矫饰也没用处。《射雕英雄传》里，欧阳克跟杨康吹牛说，他看一眼哪个姑娘的脸，自然知道那姑娘全身上下身材如何——可见金庸老师也早明白了，世上的确有"阅尽天下那啥，心中自然无码"的境界。这就是金庸比梁羽生老师能挠得到痒处的地方。

关于脑补跟现实的落差，我遇过一个最好的例子。话说二十世纪九十年代中期，大陆流行VCD机。VCD大多是卡拉OK的泳装美女走沙滩和歌曲没半分联系的MTV，或是些画质粗糙的电影，普遍有塑料壳。有些广东小厂压制的碟，塑料壳都没有，就是外面夹了个硬纸板，是些像素赛过玉米粒大的香港电影。我有个朋友，以前家里有就这么台机子，常看八十年代许冠杰们的电影。大概2007年吧，他跟我谈起，说小时候看《玉蒲团之玉女心经》，结果那张碟是坏的，每次他只能看前面舒淇VS徐锦江，看不到压轴的李丽珍VS舒淇大决战，急啊！俩女神，多招人哪！听到别人剧透，看网上偶尔的截图和评论，总是只能自己想入非非地在那里脑补，想象出一派天上人间的春色。说到此他不由两眼发直，满嘴啧啧啧啧。我说这样，我这儿正有一张，不如同看吧。

俩大男人一起看这玩意，还不是在关了灯的录像厅里，体验其实相当不好。彼此都有点尴尬，只好边看边咳嗽几声，哎要不要喝可乐，打哈哈。俩人都不太好意思张嘴招呼说直接跳到最后，不然显得太急色了，好像没见过世面的处男。总之挨挨磨磨，终于到末尾压轴了。我瞥一眼那哥们，他的表情很是复杂：眉头拧着点，眉尾松着点，嘴巴半张，眼睛有一会儿眨得很快，跟汽车雨刷一样。有一会儿就抿上嘴，大概有点渴，又张开。

关键戏看完了，舒淇演的反派也云雨完了，被杀掉了，他才把嘴拉成一长条横线，嘴角两边往下耷拉，眉头还是拧着，憋了好一会儿，说：

"跟我以前想的，真不太一样。"

我都不知道该接什么话茬，只好说："嗯。"

他接着用一种隐忍的、失望的、感慨的、愤怒的、落寞的、把分贝压低一半的音量说：

"真是太难看了！"

有口音是件性感的事

　　我当年从无锡初到上海，便发觉了这回事：无锡人和苏州人能互相听懂各自家的话，而且都兼通上海话。上海人对无锡话却一知半解。所谓吴侬软语，当年也怕令各朝代礼部教官话的大人们挠头不已。《鹿鼎记》里韦小宝说，西施是浙江诸暨人，说话便不如苏州的陈圆圆好听。韦大人家居扬州，江北话怕和陈圆圆不是近亲，倒和另一位流氓大亨刘邦可以套套瓷。然而扬州的说书茶馆，名闻天下，不输苏州评弹。可见只是风土不同，各有所长。

　　可是打我上小学开始，学校老师就不以吴侬软语为荣，而号召大家讲一口标准的普通话。看电视，听广播，无不是一口豁亮标准的普通话，包括"为革命保护视力，眼保健操开始"这样声音火炽的节目。所以我对口音长期战战兢兢，恪守普通话准则。大学时去旅顺玩，一个卖西瓜的东北小伙子声音豁亮："啊瞧一瞧看一看，鸡西的鹤岗的佳木斯都没见过这么好的大西瓜！"我过去买西瓜，对面问："哥们你齐齐哈尔的吧？"我一愣，说不啊，我无锡人。"无锡在哪儿？""噢，靠上海近。""啪！"对面使手朝大腿上一拍。"你蒙我吧。就你这口音，最南你也得是河北的。"

　　某年假期回家，叫车。司机拿眼睛从后视镜里看我："走哪儿？"我用普通话说地址，司机若有所思地说，"啊，那儿啊，恐怕堵，修路呢。要不我们从××××过去？"话音叵测，知地势的都知道是绕道。我转用无锡话说："不会吧，上次回来还没见修呢？""啊是啊，那就从原路走！"司机抹方向盘，上了路，好一会儿才拿眼睛继续从后视镜扫我，换无锡话："你无锡宁（人）？""是格。"司机闷了半天，临到我家前才说："真唔不（没有）听出来。"

　　我周围的人，许多都有类似经历：从小就被指导要消除口音，要说一口标准的普通话，无论中文外文，都得说出一口电视播音员似的腔调来——坏处是，嘴说习惯了，耳朵也就只听得清标准语。这就吃苦头了。

　　在巴黎，你很容易听见世界各地的口音。最好认的莫过于日本人。日语里面，出了名的少卷舌音——也不是全然没有，但如果一个日本男人说话，常给人卷舌的感觉，会让人以为是说唱乐手、不羁青年、一脱衣服就会露出文身的帮派分子。如是，日本人说英语或法语，很是好认：舌头直。包括你去听根岸英一、小林诚这些得了诺贝尔奖的先生发言，说话时也让人觉得，性情与舌头一样耿直，都不带弯的。

而一个美国人说起法语来，与日本人比又走到了另一个极端。日本人说话如竹席般平整，美国人发音如波浪般翻卷。你会觉得他一句话百转千回，缭绕打卷。妩媚柔润之余，每个词的尾音都能把你卷得心猿意马。说惯英语的人，说法语发r这个音，基本都是卷出来的。法语和英语的口音其实很难改，说短词还罢了，说长词，尤其是法语和英语里拼写一样的词（比如最简单的information这类），很容易就露出本来面目。

南亚人的口音也都很好认。印度人说英语或法语，满嘴里跑舌头，一激动就抒情颤音，很容易把一些爆破音发闷了，把薄的音发厚了——就像你问他要一片火腿，他舌头一划拉，给了你半块火腿。东南亚的泰国人说话，声音打咽喉深处出来，自口腔和鼻腔同时往外发，远听着瓮声瓮气的，像铜管乐器在试音。一个泰国或印度姑娘，听声音像阿姨，一看脸，纤秀嫣然，比声音瘦弱多了。

美国人靠好莱坞电影和美剧，让美式英语席卷世界。寂寞了，有时会饮水思源，觉得英国腔好听。英国腔不吃字，不吞尾音，长短明晰，抑扬顿挫。以至于有些地方，美音英音还互较起短长。但我跟美国同学说这事，他们就皱眉，说一个美国人用英腔，就觉得这人特别事儿，不好接触，要不就是看英剧看多了……

　　法国人偶然也会拿口音说事，比如，正宗巴黎老师上起课，有时会轻描淡写，说几句里昂、诺曼底、马赛法语，有哪几个词发音诡异，大家听了发一笑，也就算了。但除了学校教语音的老师，没谁会特别在意口音字正腔圆。老师偶尔还会自嘲，说巴黎腔并不好听，还不如意大利腔法语呢——所谓意大利腔法语很容易找到，随意看出法国歌剧比如《卡门》，听那些演员一路滚舌头发音就是了。当然，人家可以说，那是为了唱歌嘛。

　　世上曾有过那么个时代，对口音格外细致。十八世纪时，英国绅士、法国官廷搞社交圈子，对言辞口音精益求精，对带口音的莽撞青年，会边摇扇子边流露出高雅的不屑之意。十九世纪的俄罗斯贵族，都讲究要万里迢迢去法国，学一口巴黎贵族腔，才好回莫斯科或彼得堡，显示"咱见过世面，不再是野蛮人了"。类似的，中国各朝都有"官话"制度，官员得去礼部学习礼仪，学口好官话。在那个时代，某种贵族口音犹如世袭的徽章，一张嘴就能显出家世背景、庄园犬马。所以以前，春节晚会的小品，也很喜欢用正庄京片子，来嘲笑广东话：一种特别安全的娱乐。

　　但拿口音说事，实在也不过是沙龙里的游戏。达·芬奇不会希腊语，拉丁文更差，靠自修，还带口音，自嘲说自己是senza

lettere，即没教养的人。一般公认，莎士比亚只懂极少的拉丁语。前者的佛罗伦萨或托斯卡纳地区方言和后者的英文，在其各自的时代，都不登大雅之堂，但不妨碍他们两位的天神地位。实际上，亨利四世一辈子都没改掉他法语里的加斯科尼味，但这不妨碍他老人家在法国王位上作威作福，还娶了玛尔戈王后做老婆。

官话和标准音的推行，本身是为了语言统一，彼此理解。理解基础之上的雕琢，更多是身份象征。而今王政时代早已远去，标准腔所代表的血统世袭，已成十八世纪的遗迹。在这个世界航路四通八达的广阔时代，口音变成了——随你信不信——另一种色彩斑斓的性感。在美国闯世界的印度高管，通常都保留着一口满嘴跑舌头的印度英语。意大利人说起法语来舌头不打卷，小舌音瞎蹦跶，还常能让法国姑娘心一起跟着跳起来。巴西人说法语一紧张特别像在嗫嚅，但比起脆生的巴黎法语，反而显得温厚可爱。这就像中文里四川话起伏悠扬、苏州话细致轻软、北京话里的儿化音吞吐浑成，各有所长一样。口音就是异域风情，而且是个最简单的开场白。

"你口音很像哪里哪里的。"

"对，我从哪儿哪儿来。"

"啊，我一直听说但没去过，你那里怎么样？"一段美好友谊就开始了。

就比方说吧，北京话还不是普通话的味道。你看老舍的小说，很容易觉得句子像老式留声机式的悠扬，爱转圈。在北京住一阵，就会觉得北京话比普通话醇厚。最标准的普通话长于沟通，煞是端庄，但比吴侬软语少了纤秀绵密，比京片子又欠了润厚诙谐。比起左晋右鲁的方言来，又缺了古朴悠扬，有点像无公害无污染无色无味的橡胶：拿来做高科技产物固然不错，但用来盛饭汤茶水这些日常琐碎的，就不及瓷碗那么有味道了。

我故去的外婆是我见过的顶级的吴侬软语行家里手，是真正的语言大师。市井方言，出口浩荡，珠玑玉润，无穷匮也。形容吃饭慢则"前三灶吃到后三灶"，形容东西臭则"腾三间"，这些都是我自己按着音穿凿附会的，至于我外婆那些江南切口，很多都是只可意会不可言传，找东方朔来也考证不出具体怎么写。小时候我和她坐公车去城中公园时，一个男人挤车，推我一把，我跌倒在地。外婆当场发作，先一句话开场：

"个杀千刀猪头三的小赤佬，卵（无锡话，男性生殖器）也叠（无锡话音叠者，拧掉也）落你个！"

随后就是指东打西、诟南辱北，上及祖宗，下到孙辈，请该男子变成各类虫豸、鼠蚁、家禽、牲畜，身上长出各类疮疤，家里遭遇各类不幸，伦理纲常全混乱，灾祸病劫齐降临的一连串大骂。她那时声调雄猛，串字成珠，轻松拍出大堆匪夷所思，令我闻所未闻，根本不知道普通话该怎么写的吴白骂口来，直让那男人面如土色，周围看热闹的听到拍手称快："阿姨结棍！"（阿姨厉害）

　　如今想来，她老人家每次掺杂着无锡字眼的普通话，和"乐呢""湖南芙兰"常咬混的四川普通话、"王黄""子侄"难辨的上海普通话、打卷的英式法语、R和L不分的日式英语，其实都可爱得不得了。《红楼梦》里，史湘云咬字带口音，指着贾宝玉二哥哥叫"爱哥哥"，娇憨可爱，如见如闻。若没了口音，连撒娇卖痴扮可爱，都没那么便当了呢。

翡冷翠与莫三鼻给

众所周知，港台翻译外文名，用字跟大陆不大同。迈克尔·乔丹（Michael Jordan）叫米高佐敦，贝克汉姆（Beckham）叫碧咸，乔布斯（Jobs）叫贾布斯，观其用字，颇为佶屈聱牙。但香港人一向认为港译名读音最准，非大陆译名可比。

旧的港文，有些还会保留旧译。比如，Mozambique，现在新华社称作莫桑比克，旧译却是莫三鼻给。我一个朋友说：不知者乍看莫三鼻给这四字，还真以为一人姓莫，排行第三，被行了割鼻子的劓刑呢——好好一个国名，都给译出故事来了。

因为各国语言不同，读音就难定。比如巴黎Paris，按法语读音，说是"巴黑"也无妨；按英语读音，就是"帕里斯"；又比如伦敦London，按英语读音叫朗登也行，按法语写法Londres，那就是老实不客气："聋的呵！"何况许多词写法还不同，法国人写希腊词爱把末尾的"斯"字去掉，比如阿喀琉斯在法语里正经就读"阿泻"，这可怎么好？

如是，就两种语言的读音译名，都能打起架来了。把西班牙语希伯来语希腊语葡萄牙语之类搋和进来，就没法子争了。单说这中文译名定字，早年间，中国人定译名，疑似有个奇妙的原则：

不管你来自地球哪里，叫啥姓氏，务必要入乡随俗，把名字译得合我中华上邦的意思。比如吧，利玛窦先生Matteo Ricci，一个意大利人，不远万里来到中国，起个汉名，若按当今新华社译法，该叫马泰奥·里奇；又比如被成吉思汗干掉的花剌子模王阿拉乌丁·摩诃末Alā al-Dīn Muḥammad，若按现在译法，该是阿拉丁·穆罕默德。但因为这俩译得太早，没法从坟里爬出来改户口本，只得罢了。

中华上国是礼仪之邦。逼着外国人的姓名变成了中国字，当然也要礼敬以加，给点好字眼听。比如十九世纪中期，英国首相全名Henry John Temple Palmerston，按现在新华社译法，该叫亨利·约翰·坦普尔·帕默斯顿子爵。清朝就管人家叫巴麦尊：还特意称个"尊"呢。大国译名，也好听之极。

英国叫英吉利，法国叫法兰西，意大利、美利坚、德意志、瑞典、荷兰，这些清朝就定下来的译名，字眼都挑得堂皇典雅。其实按读音较真的话，法国按英语读音是弗朗斯、法语读音更接近弗航斯；意大利也大可以叫伊塔利，但意思就不那么吉利了；美利坚这名，最初不过是亚美利哥·韦斯普奇先生远航到彼，马马虎虎，拿自己姓氏定的名，哪承想就意思丰富，美而且利，还坚起来了！瑞士、瑞典如果搁到今日，如果按英语音译成斯维策兰、斯维登，那么早先的祥瑞典雅意境，就荡然无存。又比如，华盛顿这名字华贵繁盛，如果按音翻成沃辛顿，立刻就像个塑料制品厂；前头说，英国首都，英语读音更接近朗登，法语读音干脆是"聋的"，但一被译成伦敦，立刻就伦理敦厚、从容温雅了呢。

早年间的译名既不统一，所以读音古怪者相当多，莫三鼻给就不提了，料来那时节大家忙着给美利坚意大利英吉利定这些大吉大利的称号，来不及考虑非洲小国人民的感受。其他如雨果Hugo在鲁迅笔下，被呼作"嚣俄"。二十世纪三十年代有报刊为显得风流雅驯，热心地把托尔斯泰译成陶思道，把果戈理译成郭歌里——不知道的，真以为前者是饱学宿儒，后者是风流诗人，两个地道的书香门第中国人呢。傅雷先生总把提香译成铁相。晚清时，把拿破仑译作拿破轮，还出过考试题：《项羽拿破轮论》。有士子不通外务，真以为让项羽去拿个破轮子，上来就想当然发感慨：

"以项羽拿破轮，是大材小用，其力难施，其效不著，非知人善用之举也！"

但是在一片杂怪里，优美典雅的汉译名，颇多神译。比如枫丹白露——读音其实更接近"封太纳布勒"，法语原意是蓝泉——如此译出，虽然意思大变，但文藻上看，实是神来之笔。比如徐志摩将佛罗伦萨译做翡冷翠，逸清沁碧，绝妙好词。所以说，想给自己找好听雅驯的汉译名，真得趁早。斯嘉丽·奥哈拉被译作郝思嘉，瑞德·巴特勒被译作白瑞德，就是老译本的功劳。跟洪秀全探讨过基督教的伊萨卡·罗伯茨（Issachar Jacob Roberts）先生，汉名罗孝全，真是十全孝子的大好名字。看清朝与民国时，法国驻华公使名字吧：

Louis Jules Emilien de Rochechouart。译名叫作罗淑亚——体现淑德，亚字还表谦逊呢，真谦谦君子风。

Aimé Joseph de Fleuriau，译名叫作傅乐猷——乐于以道而谋大事，真是好名字。

作为对比，二十世纪六十年代往后，法国公使们的名字已被定成：

Lucien Paye叫吕西安·贝耶。Étienne Manac'h叫艾蒂安·马纳克。Claude Arnaud叫克劳德·阿诺——很贴切很精确，美中不足的是一望就知是外国人……

也有些译名，是一望而知不是汉人，但又不伦不类，至于搞笑的。比如，《茶花女》男主角Armand Duval，现在流行的译法叫阿尔芒·杜瓦尔，听着洋气。然而林琴南先生当年写《巴黎茶花女遗事》，给人定译名就格外霸道：男主角叫啥？哼哼，亚猛著彭！而且之后叙述台词，一口一个"亚猛道如何如何"。本来清秀痴心一男生，被叫了个亚猛，忽然就蓬头粗服、猛汉一条了。

后来，翻译界有了规矩。一是名从主人，二是便于反推。像利玛窦既然已经叫了这汉名，而且约定俗成，就不要改叫他马泰奥·里奇了。同理，澳大利亚总理凯文·路德既然自称陆克文，咱也就跟着叫吧。像伟大哲学家伯特兰·罗素Bertrand Russell，按照现在的译法，该叫伯特兰·拉塞尔——真要改了，一下子就从素雅哲人变成豪迈大汉了。幸而名从主人，罗先生也可以瞑目了。当然有些译名甚好，因为定死，就此可惜了。

乾隆爷写诗的臭德行天下皆知，但他有首赞美外夷乖乖来上寿的诗，头两句倒有趣：

博都雅昔修职贡，英吉利今效其诚。

博都雅是什么呢？嗯，就我们现在知道的葡萄牙Portugal。这译名其实雅而好听，可惜没沿承下来。

以前玩文字游戏，说拿美国总统的名讳，亚伯拉罕·林肯、乔治·华盛顿、哈里·杜鲁门、罗纳德·里根、比尔·克林顿、托马斯·杰斐逊、詹姆斯·麦迪逊、理查德·尼克松——按照中国古典译法改个译名，可以串一首：

> 轧布寒林垦，桥直花陉屯。
> 鹤唉渡鹿门，骡讷得力耕。
> 碧洱客拎豚，耿马僻浮生。
> 枕牡麦地熏，沥荼泥蔻生。

《鹿鼎记》里，清朝翻译想礼敬俄罗斯苏菲亚公主，于是给她定译名做苏飞霞，好听；韦小宝懂点俄语，给俩俄罗斯兵士起译名：齐格诺夫叫猪猡懦夫，华伯斯基叫王八死鸡。可见金庸先生早谙熟中国人民的智慧：给人家起好名字不难；想玩谐音骂别人，更是翻脸间事。比如要往粗了翻，《南方公园》里的Stan（斯坦），台湾人译作屎蛋；要往雅了翻，《六人行》里的

Rachel（瑞秋），香港就管你叫丽珍。中国汉字五彩缤纷，赞骂真只在一念之间。所以有些地方就能被叫翡冷翠，有些地方就只能叫莫三鼻给。

享用情色的自由：许多鸟是关不住的

　　一般认为，1895年12月28日，路易·卢米埃尔在巴黎卡普辛路十四号大咖啡馆的放映会，第一次真正创造了电影。八个月后，电影传入中国。直到1910年前后，电影在美国还是稀罕物，得克萨斯和墨西哥边境有专业的跑江湖放映师，靠在小镇上放电影收费，趁当地百姓图新鲜赚钱。

　　但人类的欲望永远快过电影，就在十九世纪末，阿根廷已经先知先觉，开始往外推销成人电影了——买了这些电影的人，躲在自家，拿35毫米放像机观看。

　　二十世纪二十年代，情色电影这事在美国已经流行。"男观众午夜专场"是街知巷闻的暗语，大家偷偷摸摸在半夜摸进俱乐部看电影。那时节，这一切还是秘而不宣的擦边球，一如半个世纪后美国大学宿舍聚众吸大麻，只要不放到阳光下谈论，大家可以彼此心照不宣。反而是公众范围内，情色业依然被严打。好莱坞的电影纯真无瑕，连过长的接吻镜头都要回避。二十世纪上半叶，美国若干州还在查禁詹姆斯·乔伊斯和劳伦斯的伟大小说，理由仅仅是"书里只要有一页涉及情色描写，整本书都要被禁"。甚至到了二十世纪中期，纳博科夫那本不朽的《洛丽塔》，在出版时还偷偷摸摸，身在美国，却先找了欧洲的出版社。

如果你看过《肖申克的救赎》，大概会对蒂姆·罗宾斯在监狱里用的那张遮盖洞穴的丽塔·海华丝大海报深有印象。实际上，这样的海报就是当时犯人们的精神食粮，是给他们带来春梦的女神、解决欲望的灵感素材和虚拟情人。因为在二十世纪中叶，情色读物是可望而不可即的，恰如大麻和禁酒令期间的烈酒。

在这片波涛汹涌之中，出现了一个传奇的男人。

鲁本·斯特曼，1924年生，克里夫兰人，二战期间在军队待过，战后上大学，然后开着小汽车推销漫画。二十世纪五十年代后期，他生意做大了；六十年代，他开始大规模销售情色内容：漫画书、杂志、各类突破想象的东西。比如，他去找投币点唱机的制造商，请他们制造点播情色内容的机器。他又发明了电话亭大小的投币式情色片放映间，让男人们可以有自己的私人空间。他收购公司、开分店、建仓库，生意一直推到欧洲、亚洲。为了躲避美国人的追查，他专门去香港开设情色用品工厂。他在黑暗之中独自扩展自己的王国，和美国保守的法律法规斗智斗勇，终于把情色业推到一个史无前例的高度。很多年后，记者埃里克·施罗瑟用一句话总结了这个旷世枭雄：

"在情色业支持者眼里，他是个营销天才、谈判大师、坚韧聪慧自信负责的企业家。"

当然，在卫道者眼里，斯特曼就是犯罪组织头目、流氓、禽兽、浑蛋。1958年，前美军飞行员、时任律师的查尔斯·基廷成立了"全国高雅文学市民组织"，呼吁大众抵制情色入侵，甚至夸张到"这是苏联人的阴谋"。他四处游说，试图成立一个针对色情的国家委员会，斯特曼简直就是他的眼中钉。1967年，国会授权成立了"色情淫秽调查委员会"，企图给情色业当头一棒。眼看基廷就要胜利了：卫道士们再次击败情色业和人类的欲望。

但一年后，基廷遭遇突如其来的危机。色情淫秽调查委员面前来了个能影响他们的人：亚伯·福塔斯升任美国最高法院大法官——而他是休·赫夫纳的私人律师。如你所知：赫夫纳创立了传奇的情色杂志《花花公子》。这简直是《星战前传》里，大反派西斯帝君扮成议长帕尔帕丁，潜入正派当卧底的故事。

在几股势力的角斗下，1970年9月，调查委员会发布报告，结论是：虽然基廷反复重申"凡触及情色就是邪恶"，但是，没有足够论据，支撑"情色出版物会导致犯罪"。以此为基础，自此而后，美国的成年人有阅读、购买、观看他们所要的情色产品的自由，其他人无权干涉。

这是个划时代的决定。虽然之后几年，这决定屡遭争议、起伏、斗争，但大体上，你可以说：从这一刻起，美国人民终于可以直起腰杆、自由自在地在家看情色书和电影了。

那些光辉岁月里，斯特曼不断被指控。他的仓库屡遭搜查，他的企业随时都被调查。1975年，二十四名FBI特工突袭他的仓库。但他挺过来了。1978年，十六名FBI特工出庭做证，可是斯特曼还是无罪脱出。对卫道士来说，这简直是地狱门被打开，放了魔鬼脱逃。但对小说家、电影工作者和广大地下情色业从事者来说，这简直是乌云横扫、复见青天。斯特曼高瞻远瞩，在七十年代末预言了成人片录像带的宏伟前景，一切被他言中：进入八十年代中期，由于录像带租赁的狂热，美国成人电影数量以平均一年七倍的增长速度提升。而托赖于斯特曼的奋斗和那几次传奇的庭审结果，美国人民终于有了在家里享用情色产品的权利。这是一个最典型的现代美国故事：强大的民间财力和官方斗智斗勇地博弈，终于逼迫法案更迭、产业更新，乃至使整个世界的样子从此不同。

但是，斯特曼先生，情色业的洛克菲勒、盖茨、乔布斯，没能善始善终。1989年，他被定罪了。不是因为情色，而是逃税。

1992年他越狱成功，不久再次被捕。1997年，作为情色业皇帝的他故世于狱中，告别了这个因为他的存在而完全不同了的世界——比如，他的那些狱友，那些曾经只能看着丽塔·海华丝两眼发直的男人，已经获得了跟监狱讨价还价、获取情色读物的权利。

因为，你看：许多鸟是关不住的。

电子阅读与纸阅读：个人的爱

对男人来说，世上最漫长的时光，莫过于出门之前，等着女孩子对镜端详、款款整妆。看她迁延不走，一边满嘴"来了来了急什么"，一边上下左右360度回转自我挑剔如花美眷，罔顾似水流年。嘴损一点，又好为人师的男人，就会忍不住开口教育。从挑剔是种变相的自我强迫症，说到心灵美才是真谛——但通常这些河汉大论还没来得及展开，就会被姑娘一句话噎住：

你出门前挑书，不也是这样的？

好读书者出门前挑书，和女孩子出门前挑衣服颜色、选手包款式相去不远。人在程途，未必来得及看书，一如女孩子提着包，不为装东西。但手里有书，你多少心里有底，知道哪怕遇到等位、排队、坐车、等女伴试衣试鞋讨价还价，也不会无聊。书中自有颜如玉，选书如选美人。比如，有些书适合陪着喝下午茶；有些书适合带出去飙车。老一辈的翻译作品圆润温和些，像下午茶；民国时过来的诸位老先生的散文，似鲜而不腻的鳝鱼汤面；香港和台湾几位上年纪的前辈的历史小说，像瘦而不柴、入味三分的大肉。好诗集如茶盏，妙短篇似糕点。所以最后总不免叹恨：你们带iPod（苹果音乐播放器）的，可以把千把首歌揣裤兜里，偏我们只能带一本书！

这种苦痛，料来如博尔赫斯这样以书为饭的人物，体会得最深刻。他老人家这辈子写过许多梦，许多梦里都有图书馆。他著名的短篇《沙之书》里，描绘了一本前不见头、后不见尾、拿起来有形、翻起来无限的书。意思姑且不论，但如果我跑去告诉他：

老先生，现在学生我就有这么面镜子，灰色如您眼眸、大小如您手掌，这里有无限辽阔的图书馆，繁密如水中倒映的星星……我料他决然抵抗不了这诱惑。绝大多数爱读书的人，都受不了这诱惑。

但如果我说出答案——电子阅读器，比如亚马逊Kindle——的话，那些闪烁如星的眼睛，多半又会黯淡下来。

热爱纸阅读的人对电子阅读器有种奇妙的反抗情绪。对某些仁兄来说，电子阅读器会剥夺他们炫耀满壁藏书的机会，"再也没法故作不经意，摸出几本作者签名题赠本来了！"但大多数的人，会很务实地跟你列举优缺点。对热爱健康的人来说，读电子阅读器简直是对眼睛的慢性施毒；对爱做笔记的人来说，读时没法密密麻麻浩如烟海地做读书笔记，简直是看见个好姑娘能看不能摸，挠不到痒处。最感性的爱书人，会如痴似醉地跟你解释：一本好书的书脊花纹题字可以如何触动眼睛，一本好书的书页可以抚慰你的手指，书页翻动的唰啦声如何必不可少，书本身的香味仿若蘅芷清芬。一本翻熟的书又如何和新书不同，熟书的书页会不那么挺括但衬贴手指，就像徐娘半老风韵犹存的女人。总之，买书如同找女朋友，书架如衣服。如果你有个图书馆，就像后宫佳丽三千似的——你不一定去看，光想象一下都春色浮动。而电子阅读器与之比起来，简直是充气娃娃。所以，哪怕有一个电子图书馆可以带到天涯海角，但对纸阅读爱好者来说，图书馆依然无法取代——就像韦小宝永远都存着心思，要开家丽春院。

重度纸阅读爱好者，也会尝试聆听你谈论电子阅读器的好处，听到"这么一个东西里可以藏一辈子看的书"，听到"可以随意变换字体大小和排版方式，还能全文检索"，也会偶尔眉宇一动。他们或者会勉为其难、不好意思拒却似的，接过你的阅读器，满脸表情像特级点心师抵不过好意尝一口邻居兴致勃勃送来的糕点。他们会承认这玩意确实有些好处，但是……你总会听到这样那样的回答：

手机读电子书？屏幕太小了，伤眼睛！

iPad（苹果平板电脑）读电子书？功能太多了，让人分心；看着眼睛累；太重了！

Kindle读电子书？嗯，视觉上还挺像书的，但读PDF格式的可以么？还有，支持漫画么？

当然，最后，一切理由都抵不过这句：这个再好，毕竟不是纸书！

《六人行》里，罗斯曾经试图在两个姑娘——新欢茱莉，旧爱瑞秋——之间取舍。典型书呆子，做了这么个抉择：拿两张纸，分别列两位姑娘的优劣。列罢瑞秋一堆缺点后，他转向茱莉，只想出一个缺点：她不是瑞秋。这听来很不公平，但这就是爱，不怎么讲道理。

对电子阅读器的大多数缺点的陈列，其实都从一个出发点开始：电子阅读器有一切好处，但它不是纸书，无法百分之百提供读书的感觉，这就是阅读器们的原罪。好的阅读器，都在竭力制造纸的质感。这没法子，就像是电影里的女主角，可能并无过人之处，但恰好长得像男主角的旧情人，其他女配角只好认倒霉——这种事，没什么道理可讲。这就是爱。

因为阅读与饮食、散步以及世上大多数需要感受的事情一样，永远没法子客观。走在路上，云的形状、树的排布、墙的颜色、身旁疾驰过的车子频率疏密、耳机里播放的是木管乐还是大提琴，都可能影响你的心情。一个餐厅的装修色调、播放的音乐、器皿是否整齐、桌子的材质，可能让人食欲变化——鲁智深这样豪迈的汉子，去吃酒时，也要跟店小二叮嘱："要个齐楚阁儿。"

阅读也是如此。这个行星上的这代人，都是在纸阅读时代过来的。人生里所有最好的阅读体验，都来自于纸阅读。所以，人们总会停在令自己舒适的地方，每个看似无用的细节，比如书页的抚触、书本的分量、可以用来打折做记号的页角，都会成为仪式般的温暖慰藉。你当然可以说，这些仪式都很虚空，但人类的心情，也就是被仪式般的小玩意左右的。人心既是如此敏感，所以阅读器们总得试图假扮成书的样子，一如安眠音乐总会模仿空山鸟语，让你松下心绪，走回到自己记忆里最熟悉、最安适的那把座椅里，一切才能开始。

数码音乐一代的人，很难理解听CD那一代人的情愫，就像听CD的一代，也会觉得听磁带的人奇怪，"还要翻AB面！"欧洲有印刷术几百年后，英国还是有爵爷爱收藏小牛皮手抄本。

每个时代都拥有一个"已流逝的黄金时代"。那个时代健康唯美优雅知性，大家都崇奉一些古老的艺术，书法古玩、香茶竹舍、人人能诗善画、文采风流。那个时代轻而且慢，像一片色彩斑斓、风里流转的羽毛。相比起那个时代，现在的一切虽然便利，但太机械太快太现实，诸如此类。对纸阅读爱好者来说，纸阅读就是那黄金时代的产物，而电子阅读器虽然非常便捷，但是功利而机械。

但世界大势无非如此：缓慢与怀旧流风不死，但务实与效率演进不停。现在依然有人留恋笔墨纸砚钟王张褚，但时代自顾自沿着铅笔、钢笔、圆珠笔、键盘、虚拟键盘一路前行。习惯的力量会永久留存，但时间缓慢流逝时会千磨万蚀吃掉一切。电子阅读器，或者说，非纸类阅读器，最后总会站到那里的。它们千变万化，它们可以模仿纸，它们轻而且快。当一代又一代罗斯们，慢慢退去对瑞秋的爱，以纸阅读为第一视角总会慢慢削减——但这个过程不会太短。

现代科技的美妙之处在于无数富有人文精神的设计师，在努力把电子阅读器设计得像书，但习惯的力量，强大到这个地步：

无论是Kindle的电子墨水、iPad下阅读应用的拟物化界面、各家阅读页面对羊皮纸木版宣纸的质感模拟，都在竭力让你觉得：这不是一个冷冰冰的机械，这是个色彩和悦、温暖舒适、和书差不多的玩意。然而电子阅读器对纸书模仿得越出色越招人喜欢，越能证明纸书及其阅读习惯的强大。这就像，如果一个女孩子得不断模仿你的前女友来取悦你，那只能证明，你的前女友真的很了不起。

但是，到最后，如果志在"读完一本书"而不是"购物一样搜求了许多书，给自己设了个云端图书馆，却发现读书不如攒书快"，那么最趁手最自然的，也就是拿起本纸书来读——至少对于读纸书长大的一代，依然如此。

很多年后，当一些新东西，比如全息投影空气阅读，比如脑内晶片阅读出现时，还是会有那么一批人站出来。他们会抱怨这些阅读方式不行：它们没有电子阅读器的手感！没有按翻页键或手指点触的细腻！没有实体屏幕的视觉厚实！没有电子阅读器皮套那种温存的感觉……电子阅读器、电纸书、平板、智能手机的读书应用，总有一天，也会像今时今日的纸阅读：为什么喜欢？因为习惯了，爱上了，就这样。

可是到了那时，必然还有一些人坚守着纸阅读，为着一些无法言表、只有他们自己才能感受的理由——说到底，阅读就是这么件私人的、主观的、没什么道理可讲的事情。喜欢旧书的人，甚至会喜欢旧书页被翻到熟烂的感觉，远胜过新书页的清爽洁净。有道理吗？没有。

就像《白马啸西风》末尾所说的：那都是很好很好的，可是我偏不喜欢。

世上大多数事本来就无关好坏，真就只是各人心里手头那点习惯不习惯、喜欢不喜欢、爱与不爱罢了。

世上万事，不过是一懒二拖三不读书

　　许多人觉得，古龙的风格很易学。因为一个普通读者接触古龙后，乍看之下，不会觉得他有金庸或梁羽生那么厚的功底——你可以轻松从金庸书里读出他喜欢《水浒》，熟稔《红楼》，他对希腊戏剧、莎士比亚、大仲马、《三言二拍》《史记》、诗词歌赋等无数东西，都烂熟于心。而古龙，乍看之下，只能说，这位对诗挺熟，尤其体现在人物名字上，比如白玉京，比如叶孤城。

　　但稍微看看古龙的随笔或评述，就会发现，这厮对福楼拜、海明威、杰克·伦敦这些十九世纪到二十世纪初的大人物了如指掌，尤其是后两位，他许多作品里会出现一些类似的手法。在若干篇宣言般的文章里，他都会赞许这两位。至于日本剑侠作家如柴田炼三郎等，古龙更是熟到可以随心所欲化用的地步。最后，他比我们绝大多数人想象中都更熟悉金庸。原话是：

　　我自己在开始写武侠小说时，就几乎是在拼命模仿金庸先生，写了十年后，在写《名剑风流》《绝代双骄》时，还是在模仿金庸先生。

　　我相信武侠小说作家中，和我同样情况的人并不少。 这一点金庸先生也无疑是值得骄傲的。

　　所以，世上那么多人觉得古龙易写，而最终世上也只有一个古龙的原因，就是这个：这个疑似好酒懒散的浪子，所读的书籍、所师法的人物，比我们想象中多得多。许多想试笔的，只看了几册古龙，就仿着他的路数写，取法乎上，得乎其中，自然画虎不成反类犬。说到底，终是不读书之过。

　　被误解的小说家，不止古龙一个。我第一次知道巴尔加斯·略萨，是通过莫言的《红高粱》，余占鳌父子处理尸体时，作者自注提了一句；而《四十一炮》的后记里，我又看到他对君特·格拉斯的一段评价。余华三十来岁时，写了许多极有洞察力的散文，主要关于音乐和小说，显见他对博尔赫斯、福克纳、霍桑、川端康成等人，极有心得。王小波作品里零星出现的名字，比如莫狄阿诺、马尔库塞、杜拉斯、昆德拉、卡尔维诺，就够我一一收罗了。海明威二十世纪二十年代在巴黎的阅读量极其可怖，那段时间，他上到对陀、托、荷马，近到舍伍德·安德森，几乎滚瓜烂熟。

当然，许多人很容易被糊弄，被莫言小说里反复出现的高密农村，或是余华的许三观、福贵和刘镇李光头，或是王小波的王二及陈清扬、小孙这些没谱青年，或是海明威那些渔夫、猎人和到处溜达的尼克·亚当斯欺骗，以为这些小说家也仅仅是小说家而已，与他们笔下的农民渔人一样，都是不学无术之辈，而忽视了他们都有文艺评论家们的敏感和天分。简单说吧，这伙人的阅读量和读书见识，远超过我们的想象。只是大多数时候，人家不露出来而已。

贾宝玉这样好逸恶劳的纨绔子弟，谁都想找机会给他上一课。贾政带他看大观园，见宝玉喜欢"有凤来仪"胜过"稻香村"，觉得他觉悟不高，立刻发作：

"无知的蠢物！你只知朱楼画栋，恶赖富丽为佳，那里知道这清幽气象呢？终是不读书之过！"

然而宝玉那死孩子，振振有词，说田庄是人力穿凿扭捏而成，还说什么：

"古人云'天然图画'四字，正恐非其地而强为其地，非其山而强为其山，即百般精巧终不相宜……"

歪理一大片，春风吹又生，偏还有理有据，把爹怄得说不出话来，所以宝玉后来挨揍，也是活该。妙在这孽障，左一个不读书，右一个不用心，可是引用诗词歌赋，信手拈来。给丫鬟起名字，张嘴就是"花气袭人知昼暖"，唱歌行令，随手就是唐乐府里"雨打梨花深闭门"。薛宝钗跟他一样，满嘴里都说不读书，唱个《寄生草》、听个《牡丹亭》，都是张嘴就来。说不读书，偏读得满肚子书。老爹贾政对这刺猬般的儿子，居然下不去嘴。咳，终是老爷自己不读书之过。

　　以前说过，贾宝玉爱杜撰这事，和苏轼有点像——苏轼当年考试写文章，杜撰了个典故，被梅圣俞问起，就说"意其如此"。这事常用来佐证苏轼天马行空，信手拈来，别出机杼，不拘一格。但这玩意不是凭空而来。他自吹《汉书》就抄过三遍——哪怕打些折扣，这也很是吓人。关于苏轼的积累量，有一个故事。

　　当初，苏轼从黄州回朝后，去做翰林学士知制诰，写圣旨，凡八百余道。圣旨这玩意，常要引古之经典，以资润色。常见格式如：朕听荀子说，张佳玮打起架来，不是螃蟹的对手。蟹犹如此，人何以堪？今特赐尔螃蟹八百只，卿其勉之——类似引语，可都是不能错的。苏轼之后，洪迈接了这职位，每天写天子诏书。洪迈也是大有才学之人，有一天写完二十余道诏书，闲了，去庭院散步，遇到个八十来岁的老仆。

　　老仆："听说今天文书多，学士一定很劳神。"

　　洪迈颇自得："今儿写了二十来道呢！"

　　老仆："学士才思敏捷，真不多见。"

　　洪迈得意了："苏轼苏学士想来也就这速度了吧？"

　　老仆："苏学士速度也不过如此，但他从来不用查书。"

　　洪迈赧然，后来跟别人说这事就自嘲："人不可自傲，那时如果有地缝，我就钻了！"

　　傅雷先生除了翻译和给儿子写信，还写些别的。比如，译完《贝多芬传》，他自己私人给补了贝多芬作品全赏析，且不论其艺术价值，文字本身就辞气慷慨，很是动人。他自己，二十二岁上，就写了很见功力的塞尚评传。三十五岁上，他能使文言文（当然，这是许多老派学人的功底）写一个黄宾虹问答集，兼谈中国古来画艺。四十九岁上，他在一个文章里认为自己学问修养不足，终究是，唉，读书太少了！

　　有那么段时间，有人断头去尾截了爱因斯坦先生的话"人在一定岁数后，阅读过多反而影响创造性"——原话：Reading, after a certain age, diverts the mind too much from its creative pursuits. Any man who reads too much and uses his own brain too little falls into lazy habits of thinking ——以便支持"读书太多，人都读木了"之类的道理，但如果稍微想一想就明白：爱因斯坦这话，其实只适合他、波尔、费曼、泡利那堆怪物。人家就像洪七公大战欧阳锋，各家各派已有招式都烂熟于胸，在琢磨新创世界体系了。我们这样的普罗大众，连基本科学常识都七七八八不敢说摸清楚的，就不该去思考创造性的话题。说直白一点就是：

　　以大多数人读书之少，还根本没资格影响到创造性、想象力之类的。

　　我们绝大多数人，都大大低估了伟大人物的阅读量。那些对多读书有微词的，若非骗子笨蛋，便是纳博科夫这样读了太多书后，撒个娇耍个性的，要不然就是爱因斯坦这类已经读完了喜马拉雅山般浩繁文献的人，随口叹句"读太多也不是那么好"，让那些一辈子读书不及枕头高的人，听了雀跃一番。我们绝大多数凡人，独自感叹天赋不足、创造不够什么的，其实都是幻觉。问题归结到最后，无非就是一懒，二拖，三不肯读书，如此而已。

第三辑

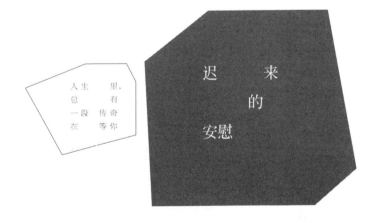

迟 来
的
安慰

人 生　里,
总　　有
一 段 传奇
在　等你

姐姐们

如果要做个"民间情爱小调分级"，有个简单法子：凡男称女为"妹"的，这小调多半很清纯，聊聊感情，拉拉纤绳，亲个嘴就是极限。如果男称女为"姐"，情况就微妙了，很可能就要谈到青纱帐、炕头灯、小肚兜一类招牌符号，终于一发不可收拾。《白鹿原》里，黑娃就是边管田小娥叫姐，边从男娃娃成了男人。

不独中国如此。《红与黑》里，于连的初恋情人是大他一截的莱纳夫人；《欧也妮·葛朗台》里，夏尔面临家破父亡绝境时，给他爱情和呵护的是表姐欧也妮；《三剑客》里，美女蛇米莱狄比达达尼昂年长起码五岁。

大体上，可以说，在类似的叙述设定里，"姐"比"妹"更多含情色暧昧意味。

菲利普·杨分析美国文学时，说美国人有个原初主题：一个男孩，血气方刚离家闯荡，最后失去了天真。这主题实际上可以通用于大多数男孩的成长故事。而在这些故事里，总少不了一位姐姐。这位姐姐可能是龙门客栈风情万种的金老板，可能是五毒教热辣开朗的蓝凤凰，总之，都是已通人事，对男女之间情爱看得开、掰得清的这么位人物。

比起那些懵懂未凿的妹妹，姐姐们是熟女，具有丰腴、温暖、宽容、关爱和母性的一面。比起妹妹们，她们是更好的初恋伴侣。因为妹妹们大多青春，只及于情，而姐姐们则大多已经聪慧剔透，可以晋升到情色这一阶。对于笨拙、粗糙、还不太懂感情的男孩子来说，姐姐就是这世界最后的明灯。

但也因为如此，"姐姐"们大多不长久。

张爱玲说女人分为红玫瑰与白玫瑰，姐姐们通常是妖冶温暖的红玫瑰。她们总能给男主角们提供最颠鸾倒凤的情爱经验，但久而久之，男人们还是会去找白玫瑰。

因为他们长大了，已经过了或者自以为过了需要依赖另一位年长女性的时光。他们的骄傲、尊严或者说虚荣心，需要另一位年轻些的女孩来领受。姐姐们这时候会悄然退到帷幕之后，成为弟弟们的红颜知己。因为，对成熟的男性来说，他们需要对一切的控制能力，需要成为权威。而权威们最不需要的，就是一位了解他们窘迫的过去，而且更为聪慧的姐姐。

　　但这并不意味着，"姐姐"们会就此离开。

　　对许多男人来说，姐姐们依然是出问题时的首选电话对象，偶尔一起喝酒时，姐姐们负责倾听，然后微笑。对许多男人来说，姐姐最后的，也是最不可替代的用途，就是承当自己的孩子气。时间流转，沧海桑田，姐姐们永远比自己大一点。在男人的理想中，姐姐们永远能够用各类女性独有的温柔承当男人们的失意时光，永远能够慰藉男人们受伤的心灵。

　　所以，要成为一个好的"姐姐"，并不那么容易。在一切传说里，她们需要美丽、温柔、聪慧、精通世情却又始终善良而包容。她们是最好的初恋对象，能够让男人度过最初的鲁莽岁月，然后在男人已经不需要她们的时候退出，成为永远的红玫瑰，任男人在回忆里重温。总而言之，为了成全男人，她们得成全男人们的贪婪、孩子气和虚荣心。她们就像温暖的大地，承载一切，覆盖一切。所以，薛宝钗的外在形象必须完美，观世音必须有求必应且对孙悟空无比耐心，唯其如此，才能包容得下贾宝玉和孙悟空这两个中国文学史上最大的顽童。

　　而更多的姐姐，就生活在民间的情色小调里。她们永远活泼热辣，永远不会老去，永远在和各类弟弟们打情骂俏，她们丰腴如鲜桃，美丽如花朵，而且总是慷慨又温柔地默许着弟弟们的胡闹。她们永远不会进化到"婆娘"的阶段，因为"婆娘"属于婚姻的世界，属于成年人，而只要你咬定"姐姐"这两个字，你可以永远生活在孩子气的、需要姐姐抚慰的，可以在暧昧情色里期望青纱帐、炕头灯和小碗酒的时代。

老物、老奴、老杀才，老赤棺材，老夫老妻

    司马懿的夫人张春华，甚有名，为司马懿生了俩儿子司马师、司马昭，连老公带俩儿子，统治了三国后期，孙子司马炎还导演三国归晋，登基为天子。史书评价张春华说：

    "翊天造之艰虞，嗣涂山之逸响，宝运归其后胤，盖有母仪之助焉。"

    如果是表彰会诗朗诵，就会说：是她陪伴司马懿，度过那些艰难的创业期，她的贤惠啊，仿佛大禹的老婆；后代当了皇帝，也得益于她做娘的指导。

    别的犹可，"嗣涂山之逸响"这话，意思倒很暧昧。众所周知，大禹为了治水，搁老婆在家，三过家门而不入。你说这夫妻感

情好吧，怕有些勉强。实际上，张春华和司马懿的故事也有波折。早年，司马懿不想去曹操那儿工作，装瘫痪躺着，全家一起保密。某日暴雨，司马懿见书正晒在外头，怕浇坏，起身收书，被个婢女看见：哟，老爷没瘫啊？！张春华当机立断，下手杀人灭口，其后自己亲自做饭，司马懿大为感佩。但和大多数肥皂剧一样，男人年轻时的感情信不得。晚年司马懿宠了柏夫人，就懒得见张春华了。某次司马懿生着病，见老妻进门，就动了粗口：

"老东西讨厌，快出去！"（老物可憎，何烦出也！）

张春华也不知道是真觉得了无生趣了，还是太聪明，决定自杀。司马师、司马昭等儿子懂事，一起跟着绝食，司马懿吓坏了，连忙道歉。劝完夫人后，司马懿显然觉得没脸——本来嘛，面对诸葛亮都倒人不倒架、输人不输阵，最后被老婆儿子给降住了，忒没面子，私下就跟人说："老东西没啥可惜的，怕坑了我的好儿子们！"（老物不足惜，虑困我好儿耳！）

如此一看，说张春华像大禹老婆，还真是皮里阳秋、话里有话。男人事业成了挺好，夫妻感情就没那么好说了。

但这个故事里，妙在"老物"俩字。中国古代重礼制，称呼太太先生，词一大堆。妻子曰堂，曰妇，曰君（东方朔还叫老婆为细君），曰夫人，曰内子，曰浑家（《水浒传》里常见），曰婆娘，曰孩儿他妈（殷代有所谓"子母"，其实就是孩他妈的简称），曰太太，曰堂客。太太叫先生也很多，曰官人，曰相公，曰外子，曰老爷。《红楼梦》里都是锦口绣心之辈，不用问是没有"老婆"字样的。《水浒传》里也最多对旁人称呼个"武大老婆"、潘巧云说过几句"我的老公"，但当面称呼时，还是员外、官人、娘子之类，真还有丈夫管妻子叫大嫂，妻子管丈夫叫大哥的！

　　直到司马懿私下里一句"老货"一叫，透出真理来了：夫妻到最后，都得往"老"字上面招呼。

　　《世说新语》的老段子了：大权臣桓温娶了李势的女儿为姜。桓夫人是南康长公主，霸道惯了，拿刀子要去杀狐狸精。真见了李家女子，感叹其风度温婉，抛刀抱住："阿子，我见汝亦怜，何况老奴！"——我看了你都喜欢，何况那老奴！桓温一世权臣，纵横天下，"树犹如此，人何以堪"，风流人物背地里被老婆一句话揭穿了帮：敢情闺房里就这待遇，"老奴"。

　　桓夫人究竟是公主，说话有贵族腔，看不起的就称"奴"。日常人家，该叫些什么呢？宋朝时候，真宗皇帝到处找隐士做官，听闻有个叫杨朴的先生，善作诗，召来聊天，杨朴推搪，说不会写。真宗皇帝大概想活跃气氛，就问："你临行来，有人写诗送你吗？"杨朴答说，只有老婆写了首诗，曰：

　　"更休落魄贪杯酒，亦莫猖狂爱吟诗。今日捉将官里去，这回断送老头皮！"

　　这诗极有名，后来苏轼被捉去朝里审问前，还吟了这诗宽慰自家太太。这诗妙在后两句，家居气氛全出："这回把你捉官衙里，把你这个老头皮断送了！""老头皮"三字，杨夫人用的称呼也活泼俏皮得很。

至于明清之后，"老杀才"成了通用词。杀才不是好话，正经骂人时就是诅咒这家伙该吃一刀。但夫妻间动这个词儿，爱恨交加，有嗔有喜。比如，张岱《陶庵梦忆》写，说有个人听了秘方，回去对付吃醋老婆，请她吃了颗什么灵丹——其实是假的。该吃醋老婆吃了灵丹，立刻转了性，逢人就说，老杀才还晓得心疼我！这三个字里，又是抱怨，又是甜蜜。《笑林广记》里则说，有个老头子想占儿媳妇便宜，儿媳妇跑去跟婆婆说，婆婆就跟她换了床。半夜里，老头子摸上儿媳妇床，还不知躺着自家老婆。反正吹了灯都差不多，遂和床上那位兴高采烈。情到浓处，老太太忽然大喝一声，如打个霹雳：

"老杀才！今夜换得一张床，如何就这等高兴！"

英语小说描述市井之间，有男人心情不好，或是心情太好，就会对老婆来句"old chippy"——字面意思是"老荡妇"，其实也无非表个亲昵。男人自嘲起来，又会说自家的老婆，是old ball and chain，老链球——链球者，欧洲古代拿来拴人的锁链是也，一个大铁球配个大锁链，让犯人没处走。当然这话说多了，其实也就是甜蜜的枷锁了。二十世纪上半叶，美国人还会说太太是headache，更有甚者加个"老"，就是old headache——老头疼了。当然，说这话的，多半笑容满面，一副为了老荡妇、老枷锁、老头疼，心甘情愿、乐在其中，甘被甜蜜枷锁困住的样子。

我们无锡话里，老字打头的骂法甚多，且大多是女骂男。吴语颇难译为普通话，按字猜形，比如"老作骨头"，就活画出一个积年丈夫不朴实耐劳，更不守本分，说不定饭前喜欢来两盅还要吃花生、饭后还要呼朋引伴打麻将、看到漂亮姑娘就骨头轻；"老不识调"就常用来说一个积年丈夫特别没谱，说话做事没着没落、不着四六，化外散仙一样风筝放出去，一天也不归家。当然，遇到那种老公，白天不起晚上不睡、不洗碗也不叠被、吃鸡不吃皮、吃鱼卡嗓眼、沾酒不撒手、喝一口就呕、不洗澡又不洗脚、打嗝放屁磨牙呼噜全闹、打麻将终夜不眠、钱账不入半点、吹牛没谱、下棋老输、开车剐漆、新裤蹭泥——这一切都能归之为"老赤棺材"。

"老作骨头""老不识调"和"老赤棺材"适用环境甚窄。一是妻子骂丈夫，"你个老赤棺材/老作骨头/老不识调，吃了饭也不知道洗碗！晚回来也不知道说一声！！上床睡觉也不洗脚！！！"而丈夫满脸讪笑，听了一如没听；二就是妻子自己打麻将时，跟闺密们一起倒苦水。总是彼此骂完一圈后，叹句：

"好了好了最后一圈了，还要回去给老赤棺材做晚饭！"

"哎呀，这老赤棺材就是懒呀！"

　　"是的呀！没有我们，他们怎么活啊！"

　　这口气很难模仿，就像洋葱辣椒拌了蜜糖。她们也知道，老赤棺材们这会儿多半正饮酒吃肉、搓麻吹牛，逍遥快活，就像一群有人养没人管的小毛孩子，"越活越回去了！"可是最后，哪怕天塌下来，她们也会随手抽张麻将把天先一撑，回去时绕菜场一转买齐东西，给肯定晚回家而且又不打电话的老赤棺材们做饭吃。等老赤棺材们满脸讪笑加得意、颇为享受甜蜜的枷锁时，妻子们还是嘴里不停：

　　"也不知道前一世里欠了老赤棺材什么东西，真真是作孽啊！"

你永远斗不过准丈母娘

近几年，中国各地丈母娘频繁出场，声名大震，尤其在外地驻沪男青年那里，上海丈母娘更是眼中钉肉中刺咽喉里卡的鱼骨头。我在各类饭桌茶会，听人诉苦，影影绰绰见识了许多丈母娘。我自己当罗宾，陪几位蝙蝠侠去见场面壮声势当捧哏，也觉得丈母娘确实道行高，小丑和猫女们加起来也不敌人家。

比如说，我以前没见过，总以为，准丈母娘们都是苛刻高傲，看着满地金砖都眉目不动，所以得靠我们几个跟班去活跃气氛，但陪人见了许多位准丈母娘，才知手段端的了得。比如吧，好几位阿姨，上来就是亲亲热热，客客气气，跟你拉家常。你受宠若惊，还敢不顺着说么？姑娘坐旁边不说话，阿姨却风蓬笼说到孙悟空，等气氛熟络，就开始说：

我家囡囡真是好，三岁识字，五岁看书，阿姨见了都爱抱，从小不吵不闹。六岁学书法，接送特别烦恼。七岁学钢琴，数九寒天，手指差点冻掉。乖是乖的来，放学就蹲家里，晚上不往外跑；学校操行等第好，成绩名列前茅。高中自是重点，大学更是名校。从来不舍得让她走，接送车子准时到。在家锦衣玉食，孝顺得来不得了。若非要为嫁人，怎舍把她送掉？哎呀弗说了，说了心头煎熬。人世真是无常，活活就一辈子去了！

这些话从叙事到抒情，顺理成章，水泄不通，哪有插嘴余地？你只好听一句点个头，"对对阿姨说得对"。哪怕你知道，阿姨说接送车子，是提醒你换辆好车；阿姨说心头煎熬，是督促你把房产证捧来压惊，但还是没法子对抗。这一串说完，你心里刚来得及打小算盘，寻思眼前无路想缩手时，阿姨又一句：

"哎呀都是独生子女，大家晓得的呀。我家就只有这么一个女儿，宝贝囡囡从小养大。我们是算了，哪里舍得让她吃苦啊！"

这一句收得滴水不漏，到此地步，哪怕之前阿姨要的是金马堂白玉床，男生也只好点头附和："阿姨说得对！"

丈母娘谈判学，倒真不是今日才有。自古以来，穷书生要找富小姐，老爷一关虽难过，但很脆生，死活就是一刀的事；反是丈母娘一关，拖拖拉拉，钝刀割肉，得费唇舌。锡剧《珍珠塔》里，就是官府太太准丈母娘，看准女婿方卿穷酸潦倒，悍然悔婚；等后来方卿发达了，两人又互掐一番——全戏亮点，尽在于此。

　　由丈母娘出面考核，其实也颇有道理。因为闺阁之事，女儿终身，本来就是内眷们互相扯皮的多。你去饮宴聚餐，很少听到大叔伯伯们跟交际圈说到嫁娶之事。反而是阿姨们一边喝茶吃千层糕豉汁凤爪卤水鹅，一边头凑在一起磨牙，说到嫁女儿行情，都有黑话。比如你女儿要在四星级办酒，我女儿就要在五星级包厅；你那新郎是去马尔代夫度蜜月，我家姑爷是去欧洲一月游。流行什么车，该请什么宴，照片怎么拍，房子哪里买。所以每个姑爷上考场时，对抗的不是一个阿姨，而是千百个阿姨智慧与激情的结晶。如果阿姨再请两个捧哏，可以从头到尾让你话都说不出——你一个凡夫俗子，怎及人家精诚所至，每天研究嫁女儿？再怎么翻跟斗，无非在丈母娘眼皮底下转罢了。

　　还有一等准丈人丈母娘，最是狡猾，会特意玩角色分工，分红黑脸谱。比如吧，许多准丈人总是做宽宏状，细谈价码利益，让老婆代为出场，去考验准姑爷。丈母娘自任先锋官，可以问许多精刁细滑的问题，把姑爷们问委屈了，丈人们就出来，喝一声"妇道人家，头发长见识短"，再拍准姑爷的肩："你阿姨么爱女心切，不想让女儿受委屈，别在意啊！"姑爷先挨了一顿，到这时见着母女情深的挡箭牌，还能说什么呢？聪明的准丈人，更懂得拿老婆做挡箭牌，亮出一句"我倒是没什么问题，只是我老婆恐怕不肯"，既显得自己宽宏大量，又把责任推得一干二净。许多可怜的姑爷，被勾销后还感激准丈人替他说好话，时不时过年过节还上门送点东西、帮着报销发票什么的，只以为是丈母娘看不上自己，不知自己早被丈人丈母合力给勾销了。

司马光人品出名的端正。妻子张氏不育，过意不去，为他买来个美女放卧室里，司马光一见，转身就去书房。持身既正，看见丈母娘挑女婿就恨，编《资治通鉴》间隙，抽空留了段语录斥责："今世俗之贪鄙者，将娶妇，先问资装之厚薄；将嫁女，先问聘财之多少……是乃驵侩鬻奴卖婢之法，岂得谓之士大夫婚姻哉！议婚姻有及于财者，皆勿与为婚姻。"——这意思，嫁娶女儿前先问聘礼，哪是读书人做的事？话说得端正，但司马光还是老实，低估了读书人和读书人太太的手段。

比司马光早若干年，洛阳人富弼，提笔能文，胸有大度，大才子一名。范仲淹看了他的文章，说好，就推荐给宰相晏殊。晏殊自己是北宋最顶尖的词人之一，眼光甚佳，看富弼两眼，也觉得此子甚有前途。关键时刻，晏夫人闪亮登场。阿姨才不去跟范仲淹讨论什么文章，而是找了名占卜师王青，请他给看相，直奔主题：富弼这孩子前途如何？王青掐算之后，回了一句"将做状元，日后为相国。"晏夫人一听，还等什么呀，催着晏殊，赶紧把富弼招为女婿吧！之后，富弼登第、拜相，平步青云，顺便使这场招亲故事，还成为风流逸话。

　　如果搁我们无锡，这段对话很可能是这样的：

　　麻将声里，左邻右舍问："阿姐眼光就是好！伊格金龟婿钓得准！哪里寻的呀？"丈母娘笑眯眯看牌，边得意扬扬："我呀，就是听说伊格小子有前途，官运好；再去寻个算命先生，灵是灵得来，去看过他的生辰八字和面相。哦哟不要看个付样子，跟我家囡囡倒是天作之合，将来还要当大领导。哦哟我看看伊格，弗好错过的呀，个么就叫我先生，把个小伙子招来当女婿啦！"

女人的吃醋方式

男人这种动物，耐得住痛苦、寂寞、误解、贫穷，只戒不了女色。帝王们天真，觉得挨过了一刀，谅来没法兴风作浪，但还是敌不过明清二朝，太监和宫女对食解闷，有钱的太监还能蓄外宅。你可以说，宦竖们思想品质不过关，要有几个高僧才行。岂不知宋元时节，大家心照不宣，把和尚当成色狼。《水浒传》第四十五回有"一个字便是僧，两个字是和尚，三个字鬼乐官，四字色中饿鬼"。你又能说，这都是假和尚，修为不足，把持不定，定要找几位忠贞之士，才让你们看看什么叫君子……话说，西汉苏武当年出使匈奴，被逼到北海边放羊，饿吃毡，渴饮雪，十九年志节不变，名动天下；南宋胡铨上"斩桧书"，弹劾如日中天的秦桧，让金国人都感叹"南朝有人，中国不可轻"，被秦桧贬到了海南，前后累计被流放二十三年，后来得谥号"忠简"。这两位的操守品德，可谓完美。但他们有何类似处呢?

答:苏武在北海,终究还是跟胡人女子生了孩子;胡铨后来被召回时,也和海南的黎姓女子成了夫妇。这两位君子,一南一北,忠贞持节,可是无论是贝加尔湖的寒冷、海南岛的酷热,还是流放地的凄苦,都没挡住他们兴致勃勃生孩子啊……

科学家会说,人类都有传下后代的本能,所以男人到处找传宗接代的伴侣,也没办法。没法律约束时,男人喊着"男子汉三妻四妾,事属寻常";有法律约束时,男人只好偷腥。如此这般,就有了永恒的对决:男拈花,女吃醋。

李世民是个山西皇帝,爱拿醋开玩笑,比如听说魏征爱吃醋芹,就拿醋芹勾引他,看他失态的样子好笑。他要赏宰相房玄龄几个美人,房夫人说宁死不从。李世民就说,那死去吧,赐鸩酒,房夫人喝了,发现是醋——吃醋的典故,即出于此。这事情里,其实李世民很高高在上:男人既掌握话语权又掌握生杀大权,房夫人除了以死来表达抗争,别无他途了。

当然吃醋也得细分。一类是吃酸醋,这是源于一种封闭的感情,酿造久了,腐蚀性强,有破坏力。比如三国时袁绍死掉,他老婆刘氏立时杀了好多妾,涂黑脸,这种吃醋就是心理变态。刘邦归天,吕雉立刻把戚夫人断手断足做成了人彘,这也是不知道憋了多少年。吃酸醋会成惯性。一对伴侣,男尊女卑久了,女的会生两种心态。一贤惠处之一忍再忍,醋越积越酸,一天底线破了,大怒,泼之。一泼辣，见醋就吃，男的畏妻如虎，敬而远之，于是更怒，恶性循环。

懂夫妻情缘的，会懂得让夫人吃些香醋。宋词里有小令，一个郎君说花比姑娘好看，于是"一面发娇嗔，碎挼花打人"，这等小醋，其实吃吃不妨，情趣还无限。不让吃小醋，逼着女人当贤惠妇，很容易憋久了酿成大醋。《倾城之恋》里范柳原调戏白流苏，说一个不吃醋的女人多少有点病态，诱得白流苏说了酸话，就拍手说这话好，隐约有几分酸意。好像内心淤积，都连着吃醋说出来了。

在所有吃醋的故事里，都在强调女人悍妒。但实际上，如上所述，大多数女人最后也无可奈何，只好甘当受害者。其实再悍妒的女人都是好哄的。《红楼梦》里，贾宝玉问王道士怎么治女人吃醋啊？答：冰糖炖梨，甜丝丝，腻死你，就治了妒了。大多数姑娘，几句甜话一调和就行。甜话其实不需要营养，大多数女孩子其实很聪明，听惯甜话，不会太当真。要紧的是态度为先，谁还跟你理科生画图线似的较真呢？有甜的吃，谁爱捻酸？

《世说新语》的一个故事，说桓温娶了李势的女儿为妾。桓太太是南康长公主，霸道惯了，拿刀子要去杀，见了该姑娘，感叹其风度温婉，抛刀抱住："阿子，我见汝亦怜，何况老奴！"

《陶庵梦忆》的一个故事，说有个人听了秘方，回去对付吃醋老婆，请她吃了颗什么灵丹——基本是假的。该吃醋老婆立刻转了性，逢人就说，老杀才还晓得心疼我，给我吃灵丹，不给别人吃，真好。

前一位令人感佩，在于虽然是吃醋，但目标精准，针对性强，没拿牵连其中的其他无辜女性开刀，而是朝"老杀才"去，这醋吃的结果也是喜剧。

而后一段则证明，再怎么厉害的妒妇，其实骨子里都是小猫咪。只要"老奴""老杀才"们哪怕稍微懂得把感情流动一点，讲道理一点，懂得把甜话拿去哄一哄，哪怕吃的灵丹其实啥都不是，也就够了。

世间的妻子，迟来的安慰

张爱玲写红玫瑰与白玫瑰，着重说是"男人有过的女人"，意思是这分类也是男性视角。小说里写来，红玫瑰狂蜂浪蝶妖媚万端，白玫瑰白净朴素呆闷无趣还是个平胸（张爱玲着重写白玫瑰的胸跟鸟嘴似的），有点儿脸谱，但不远矣。

各种传说里，红玫瑰们的命运总更诗意曼妙些。她们多半是天生交际花，芳华绝代，艳名远播，一堆裙下之臣每天从床前排队到沙龙，准备孝敬各色甜言蜜语。当然啦，她们大多红颜薄命、晚景凄凉，但晚年也有些来得及转身变形，博个洗尽铅华岁月静好的名声——说刻薄点，也叫从良。

白玫瑰们能获得各种安慰奖、同情分、好人卡。她们普遍是苦命正室的命，满身的贤妻良母天使气息，代表着某些逝去的古典的柔美姿态，比如《乱世佳人》里的梅兰妮。通常都能得善终，比如《金瓶梅》里的吴月娘。但可惜，她们很少、很少、很少担当主角。

最可怜的一种情况是这样：大师们很容易把世界轻重化。轻的则风流、飘逸、才华锦绣、风摆柳絮、传奇，红玫瑰；重的则日常、世俗、平心静气、安稳踏实、不传奇，白玫瑰。太多故事都是这样描摹的：某男放弃了庸碌平常的生活，放弃了白玫瑰，自己跟着理想跑了。

这种理想未必是红玫瑰——比如《月亮与六便士》里，原型为高更的那位男主角是画画去了。但白玫瑰总是被当成拖累主角的一环。她们通常会作为婚姻的代言，被描述成枷锁、扼杀才华的绞肉机、爱情的坟墓、头发长见识短、日常机械生活的代言、责任、世俗生活。

很偶尔很偶尔，有些白玫瑰能有些光彩照人的时刻。比如张幼仪被徐志摩当糟糠弃掉，多年后事业有成情深义重，于是博得了美名，但这要求着实有点高。梅兰妮那么天使般的女人，张幼仪那么难得的志节，百炼成钢承担一切，绕指柔般不怨不艾，才拿得这些赞美。迟来的安慰，得羔羊般的圣徒才能获得。反过来，托尔斯泰的太太算是持家有道，但是被崇拜者们当作阻碍托尔斯泰创作的原因之一。因为托大爷晚年的世界规划是想要天国，托太太双脚稳稳站在人间。

张爱玲的聪明处是她才华出众，了解自己的不凡处，但比其他天才多一点自觉——或者至少表现出，她有这种自觉，深知才情飘逸的不稳定——所以她时不时会用不露痕迹的讽刺点一点才情与虚荣。经历过那样传奇爱情的白流苏，到最后不过安静地把蚊香弄桌子底下去，传奇里倾国倾城的人大抵如此。她写的所有的红玫瑰的故事，最后都会把她们往地上拽一拽。不管她自己的感情是否精明，笔下写得总是很清楚：许多红玫瑰及其幻梦色彩，许多爱情，多半是人自己捏造的。

白玫瑰们最后都会成为衣衫上的米饭粒，白玫瑰就跟白米饭一样，日常温和真实，于是她们当不了主角。因为所有的传奇故事都需要在短短的时间内浓缩、巧合、矛盾、剧烈的爱和痛苦，而没法在漫长篇幅里日复一日照旧描画生活。所以泽尔达折磨菲茨杰拉德的孽缘，比一百个作家的平实婚姻都有传奇性。所有的平凡妻子和母亲都是或者曾经是白玫瑰，可以当床前明月光看待，但抱歉，月光这种事只有静夜无人时才来得及扪心自问去欣赏起来。纳博科夫有过一个略带自嘲的小说结尾：《奥勒留》里，一个做蝴蝶梦一辈子的老男人，终于凑足一笔钱，可以摆脱庸碌日常生活，去捉蝴蝶了。于是他扔下老婆，企图一个人去做人生最后的绚烂旅游，结

果出门前，意外地，神奇地，死掉了。到最后，他还是没办法离开
那被他嫌弃的、不够浪漫的老婆。这算是纳博科夫自己人生的写
照：虽然他才情盖天，但还是离不开他家那位替他接电话、备课、
收伞、预备心脏病药的薇拉阿姨。大多数企图飞天去找红玫瑰的老
男人，都得到跌下地来才觉得白玫瑰的好——虽然通常意识到这点
时，会晚那么一点。海明威要到近花甲之年经历好多番婚姻，才来
得及在《流动的圣节》里痛悔和哈德莉的第一段婚姻："我要是不
爱她，不如去死了的好。"很真诚，很感人。但对哈德莉来说，和
所有白玫瑰一样：总是不吵不闹到最后，才能等来这迟来的、男性
视角的、虚空的安慰。

每个少年心底，嫁作人妇的女神

一男一女相恋，爱情明澈美丽如空山春雨、夏日木叶。正待成其好事，忽然飞来横祸，不可抗力像南风卷集沙土，遮天蔽日。尘埃落定后，男蓦然发现，该女已嫁作人妻。

这剧情，韩剧日漫寻常见，苦情歌里几度闻。虽然烂大街了，却又非只老百姓对此喜闻乐见。大师们品位高，格外反感搬弄俗套。但最后，还是会颤抖着那些渴望不朽的笔尖，写下这狗血的剧情：

卡尔维诺的《树上的男爵》，柯希莫在树上，目送薇莪拉嫁作了公爵夫人。

大仲马的《基督山伯爵》，以唐泰斯少年得志、预备结婚为开始，以被坑入狱、囚禁十四年、出狱后得知未婚妻另嫁了他人为真正开始。

马尔克斯的《霍乱时期的爱情》，阿里萨看着费尔米纳嫁了乌尔比诺，遂开始了五十三年的"我就不信他死了你还不跟我"。

金庸的《连城诀》，狄云入狱，耳闻得青梅竹马的戚芳嫁了万圭。《笑傲江湖》中令狐冲为情所困折磨了二十多回，终于还是没法挽回小师妹嫁给林平之的结局。

菲茨杰拉德的《了不起的盖茨比》，盖茨比万里迢迢来到长岛，就是为了重新找回已经嫁了的黛西。

古龙的《多情剑客无情剑》，从头至尾就是在说，李寻欢大爷如何边咳嗽边喝酒，边从"林诗音嫁给了龙啸云我受虐我快乐"的无底深渊里往外爬的过程。

如果排除掉"故意编这个剧情来讽刺大家"可能性的话，纳博科夫的《洛丽塔》中，亨伯特也遭遇了奎尔蒂拐走洛丽塔这事。哪怕亨伯特最后一次见洛丽塔时，她也是个怀孕妇人了。

苦情故事既已成型，怎么个收尾圆满，就可见各位的秉性了。

古龙大爷最是快意恩仇，根本不会承认主角不如情敌。所以呢，就设定李寻欢是自己把林诗音让出去的。龙啸云从武功到为人都远不及李寻欢，因为自卑变态，恩将仇报，刻意要坑害李寻欢。而李寻欢自然是秉着人世罕有的宽容、慈祥、善良、包容，一次又一次挨打不还手地原谅龙啸云。这种模式，姑且可总结为：我让给你，我一直让你，于是从道德到能力层面我都完胜。

金庸大爷比较委婉。公开把情敌批个一钱不值还自虐式地白送姑娘，他是不干的。他的法子是：首先，那姑娘一旦嫁了人，就立刻降格，成了第二女主角，必须多找一个圣母型女主角来配男主角，而且一定要压前女主角一头，以示"没了你，我还有更好的！"（水笙、任盈盈）；其次，该情敌会慢慢暴露出其实是绣花枕头一包草，日益不堪，渐次龌龊（万圭、林平之皆是，林平之还被阉了。慕容复也类似，结果是疯了）。最后，女主角终于悔悟真相，但已经晚了：她们都死了。这种模式，姑且可总结为：你不长眼，嫁了不该嫁的人，结果我找到了比你更好的，而你最后也发现了真相，晚了，只好悲摧地死去了！

大仲马和金庸类似，但稍微宽容点。先是给基督山找了个海蒂配着，其实颇有点报复意味："你梅塞黛斯不要我，哼，看我娶个希腊小公主，不比你强！"然后呢，情敌费尔南是基督山三个仇人里，唯一被他逼死的。最后呢，他给基督山前未婚妻梅塞黛斯留了条活路，让她自己悔悟，去当修女了——当然，富贵是彻底没了。

马尔克斯比较不卑不亢。阿里萨是等着熬着，终于把乌尔比诺耗到八十多岁耗死了，他自己和费尔米纳续上了夕阳恋。这模式，也不特意说情敌坏话，但他总有死的一天，所以，痴情可以战胜岁月，获得爱情。

卡尔维诺模式：柯希莫不是凡尘俗世之人。薇莪拉是被迫嫁给了世俗的女神。最后也只剩下伤感。纳博科夫亦可算此类，但鉴于此人讲故事未必正经，所以不列。

菲茨杰拉德最为伤感。盖茨比完败情敌，勾回了黛西，但好景不长。一等他死掉，黛西立刻又回头和老公双宿双飞了。于是有了小说结尾，那著名的、空幻的、伤感的海滩独白。

如是：

大仲马、金庸、古龙三位的处理法是"你嫁吧！我娶个比你好的！你嫁了个烂人！你最后会后悔的！我最后一定比你幸福！"——也因为他们这是连载小说，大家看起来图个爽。

马尔克斯的处理法中庸一点。不那么爽，但还是绵长哀柔，熬到了最后，算有了个不是正果的正果。

卡尔维诺内敛些。男主角就苦情结尾了。

菲茨杰拉德最感伤。

所以呢，这些结尾不同的"女神嫁给了别人"的故事，有一个美妙的核心。

每个失去女神的少年，令狐冲也罢，柯希莫也罢，阿里萨也罢，唐泰斯也罢，狄云也罢，盖茨比也罢，都有一点天然的纯真。

恰好他们失去的女神，岳灵珊、薇莪拉、费尔米纳、梅塞黛斯、戚芳，与他们相应，在婚前，都有那么一点通透清澈的纯真。青梅竹马啦、少年相恋啦、初恋啦，纯粹之极。

大多数的少年爱上第一个姑娘时，都清澈透明，把她从美好的女人幻化成无瑕的女神，世界随之晶莹美丽。但随后，女神嫁给了——至少是从少年眼里看来——世俗的、市侩的、徒有其表的、油头粉面的、没有灵魂的男人。于是，一整个世界都碎了。

　　无论少年最后怎么处理——杀掉情敌啦、自己苦情啦、漫长煎熬啦——只有一样是确定的：被夺走的不只是他们的爱人，还包括他们对爱情、命运、世界天真纯洁的想象。所以呢，他们会对女神爱恨交加。爱她以前的纯真烂漫，恨她嫁作人妇后的庸碌世俗。这种割裂的眷恋无非说明，最初的爱人曾被少年寄托过最初、最完全的纯真——那还没有被世俗和金钱击碎的纯真。

我爱胖美人

上古之时，人类心思还很自然，许多纯出本能，不像现在，观念可以当绳子和鞭子，绕人三匝，外加抽打，大家都喜欢骨肉丰隆的美。比如屈原，虽然忧愤遗世，但审美上丝毫不糊涂。他自己瘦，但爱胖，《大招》述美人曰"曾颊倚耳"，说这姑娘骨肉丰盈，都有双下巴了。

汉唐是公认的盛世，品位甚高，而这俩时代偏偏爱人胖。比如《史记》说陈平"为人长大美色。人或谓陈平曰：'贫何食而肥若是？'"可见陈平白胖，被邻里认为是美。杨贵妃作为史上第一胖美人登堂入室，"温泉水滑洗凝脂""从此君王不早朝"，千古一人而已，还被安了断送盛唐的祸水之名，马嵬坡赐了白绫。士兵哗变时越撒泼，杨玉环本身丰腴之美越传奇。千年后人把环肥燕瘦并列，好像赵飞燕瘦了，能抵上杨玉环，却忘了杨玉环老公是善骑

射、造梨园、制舞乐的唐玄宗，品位端的是好；赵飞燕的老公汉
成帝是个连小姨子都不放过的窥浴狂人，甚为变态。同理，春秋
战国时，楚国有变态国王"好细腰，宫人多饿死"，跟汉成帝一
路货色。

哪怕不说汉唐，只说西方文明的黄金时代。你要说希腊，维
纳斯在那儿站着，虽然比杨过还少一个臂膀，但体态丰盈，公认为
美之典范。唐与雅典这两个文明时代，在胖姑娘这面上可以彼此握
手：唐之珠圆玉润的仕女图与希腊的女神雕塑们，倒可以做一比
照。文艺复兴时，拉斐尔的圣母、提香的美女，到十九世纪印象派
雷诺阿那些浴女，无一不是圆润地道的。对美好肉体热爱的程度，
是与文明繁盛成正比的。古希腊时，人衣服简单，无论男女都不介
意袒胸露乳。实际上有考证说，上古克里特岛、希腊南部和北非若
干地方，姑娘会露胸晃大街，而且会刻意修饰乳头。希腊人出了名
的衣服简单，逢运动会，打一赤膊露出一身肉，是为美谈。

有哪位说了，长一大粗腰不难看吗？非也非也。中国古代描述
大汉威武，就来个"腰大十围"。虎背熊腰，最是安全可靠。反过
来"蜂腰猿臂"，那一般是小白脸。

《纽约时报》早几十年就登过结论了，人们喜欢的并非"细
腰"，而是"腰臀比例大的"。意思是，姑娘腰粗无妨，关键是臀

部对等比例增大，表示能生育。德斯蒙德·莫里斯《裸女》里更加说了：胸部其实和臀部是同等象征。胸部丰满=臀部圆润。所以身段的王道是凸显胸臀，而非辛苦束腰——毕竟拿腰带勒出腰臀比例，无非为了显得"臀部相对大一点"而已。前者是天下均富，后者是大家一起穷。

但是呢，木秀于林，风必摧之。肉缀于体，人必非之。因为身上有肉、前凸后翘、丰腴圆润的美过于招眼璀璨、美妙绚丽，所以世界才必须反其道而行之。《乱世佳人》里，黑妈妈给斯佳丽束腰就看得人浑身汗毛直竖，但至少是试图制造夸张的腰臀比例；而另一种情况更可怕：非文明社会，总希望人类保留在童稚期，越清纯、秀雅、老处女不食人间烟火，越是让人在道德上放心。清教徒盛行时，英国人逼着姑娘束胸勒肚，企图把姑娘一个个压缩成中国拿来献妖精的童女。这就完全是摧毁人了。中国这边，先是南朝齐有个变态天子叫萧宝卷，最喜爱妃潘玉儿小脚，谓之"金莲步"，逼着后世千年，我国数以亿计的女孩脚和足够绕地球若干圈长度的裹脚布诞生——这就属于变态之行。宋朝程夫子和朱夫子大呼"存天理，灭人欲"，此后女孩儿立刻集体弱不禁风，头上三纲五常，脚下裹脚布，直折磨得一个个人比黄花瘦。这种企图将女性压缩回幼年的、纯真的、缺少性征的做派，本身是种反人性的变态，和处女情结、贞节牌坊一路货色。

　　所以，强迫女子变瘦，本身是种强烈的控制欲体现。道学先生认定丰腴的女性太招摇，必须压制，美女最好是纤瘦平板得无女性特征，恨不能压平在纸面上，走一步咳两口血。可惜世界上并不都是满口仁义道德、满脑子形而上学瞎忽悠的禁欲派。风流才子李渔就直截了当地写道，女的瘦了中看，但不中用；胖了未必中看，但中用——所以才子眼里的美女，泰半是丰腴圆润盈柔若酥的，是玲珑浮凸的。

　　现代的瘦审美，罪魁祸首之一是消费主义和时尚业。你知道，时尚大师都是能人，善把敏锐的商业头脑、时尚嗅觉和艺术创造力，加上耳听八方来的艺术潮流，编些名词，全数堆砌到女性衣服上，然后捏造一些艺术名词让女人相信某些绣工和形式的变化，蕴藏着多么伟大的内涵。媒体炸弹潜移默化之下，大部分女性和对时尚敏感的男性接受了以下事实：

　　他们——或者，主要是她们——的身体，不是本身美好动人的骨肉，而只是衣架、配件柜和橱窗。她们的身体得瘦到能挂上重衣累花、钗簪表镯。当姑娘被迫成为服饰的奴仆，主动把自己从人类退化成一个衣架，变瘦也就成为必然。

　　罪魁祸首之二，是可怕的摄像镜头，以及随之而来的"人人都活在照片与镜头上"的时代潮流。《六人行》里莫妮卡原话："一个镜头长二十磅体重。"虽是找借口，确也是实话。镜头太容易扩

张一个人的脸，而唯有瘦才能制造夸张的面目轮廓。这个全世界都
忙于随时随地拍照，上传云端或社交网络，让大家啧啧称赞的时
代，你不再只是长在人间，而是得活在照片里给别人看，你得精干
利落，活像一堆不锈钢部件，让照片构图美观。

　　事实是，在这个日益精细的时代，你或者得满足于"方寸之间
凝聚无数精密器械"的细碎，或者得满足于"线条极简刚硬利落体
现设计感"。你的身体不属于蓝天白云下的你自己，而属于即将把
你形象扩张的摄像镜头，或者那些叮当挂满你身子的衣服。唐朝、
希腊和文艺复兴时那些优美的、暖色调的、柔软如黄昏时夕阳边云
朵的躯体线条，只能在一些复古风展览会上，由一些骨瘦如柴、轮
廓分明的瘦女人展示出来。这不再是"眼见为实"的时代了。你得
做摄像镜头和衣服的奴隶，根本顾不到自己的躯体实际上是否美
丽。二十世纪六十年代好莱坞黄金时期那些"一个女孩子跟你出去
吃饭，点一份肉馅饼、一堆洋葱圈、一杯香草啤酒、一堆炸鸡块，
然后全部吃掉，最后对你甜甜微笑"的传说，在这个竞相交流"怎
么才能瘦下去呀"的时代，真的只是传说了。

　　瘦削则更带着内敛、装饰性和迁就人工时代的意味。瘦削的精
神，当然云集了人类一切智慧精华——商业宣传、服装设计、材质
研究、镜头考量——而丰腴则没那么复杂。偏胖的姑娘身上挂不住
衣服、戴不上链子、睡姿经常调整、吃消夜的时间点把握得异想天

开，但看着她移动像骨肉停匀的活雕塑，有种阳光流溢、自然浑成式的美好。所以问题在于，丰腴、血色饱满、健康活泼的姑娘，时尚业骗不了她的钱，所以这个世界不太容得下她们，或者，不鼓励欣赏她们。

但这并不妨碍胖姑娘们白云一样的美好——就像你怎么嘲笑林嘉欣的腰身穿不好衣服，都没法否认她笑起来世界都变甜了；再怎么念叨梦露小胖腿，都没法阻挡她已经把整个时代都染上璀璨金色和迷人肉色了。关于这个最好的描述，见于村上春树《世界尽头与冷酷仙境》。那个在"冷酷仙境"陪伴他度过大量灾厄的，青春的、性感的、娇媚的、活泼的女孩是被如是描述的："她的体形很妙，既像孩子又像大人。浑身都是白白嫩嫩的肉，俨然普通人的身体上上下下涂了一层果冻。而且胖得十分匀称，不注意险些忘记她胖这一事实。胳膊大腿脖颈腰部都膨胀得赏心悦目，如鲸鱼一般珠滑玉润……"

这个时代的公主平民或王子灰姑娘爱情故事

往古时代，世上还存在着原野、疾病和人们想象出来的会魔法的巫婆，所以童话故事也总是围绕着王子公主合力对抗后妈、巫婆、奸臣，其结尾也总无非是"王子与公主幸福地生活在一起，一起到死"。孩子听着这样的王子公主的婚事，慢慢长大，有些人会知道，公主们未必能嫁给王子，而可能得面对和亲远嫁、政治婚姻；有些人意识到自己的平凡、公主的尊贵，感受到了鸿沟与差距。

于是，公主的角色，慢慢变换了。

比如，在《罗马假日》里，格里高利·派克和奥黛丽·赫本上演了古往今来最浪漫的故事。这个故事的瑰丽奇异处是：旁观者如你，会觉得这两人郎才女貌，煞是般配。但假设一下，这故事若只是一对寻常美男靓女游罗马，虽然浪漫，但传奇性大减。令这个故事华彩熠熠的，是赫本在剧中的身份：她是公主，于是，当她着白衣，如普通女孩般游荡罗马时，这段爱情忽然纯真甜美，带了天上来的美丽。几十年后，《诺丁山》这电影里，休·格兰特和朱莉娅·罗伯茨讲述的，也是这么个"公主看上凡人"的故事，只是身份略有调换：这个时代的公主已没有黑白电影时代那么传奇，所以导演安排罗伯茨演个既富且贵的好莱坞千万片酬女明星。这个故事可以描述为：我们这个时代的公主，看上了个平凡的书店老板。

有趣处在于：

在这些故事里，公主和好莱坞天后，爱上了一个普通男人后，总是会若有意若无意，描述这么个价值观：凡尘少年总是可爱的、真诚的、无邪的、富有自嘲精神的；公主们所代表的贵胄家世，纵然金碧辉煌，但总是少了人间地气，各自有苦难言。所以，需要凡人拯救的公主，最后总肯为了一些家常饮食、平凡居所，投身于一个平民的怀抱。然后大家恍然大悟：唉，公主们也各有苦楚，唯有平民的日常生活，才是最真实、纯粹、美丽的呀！

但是呢，世界又不仅仅满足于"公主下嫁平民"这个故事。

1980年后出生的诸位，想必有类似记忆：有段时间，CCTV6热爱反复播放林志颖、徐若瑄、徐濠萦、张震岳主演的《旋风小子》。故事可以简单归结为：

平民林志颖看中了公主徐若瑄，但是被公主的骑士张震岳痛揍了；随后峰回路转，他神奇地学到了少林功夫——就好像灰姑娘获得了水晶鞋——然后打飞了张震岳，获得了徐若瑄的心。如果故事到此结束，这就是俗套的"平民获得公主垂青"的段子了，然而林志颖在获得公主真爱之时，陡然发现：自己长久以来的真爱，其实是身边的平民徐濠萦，于是转而找了真爱……

如是，平民即将获得公主之爱的时刻，回身找了糟糠妻……类似剧情眼熟吧？嗯，是的。古天乐、张柏芝在《河东狮吼》里，也演过这么一出。试图插一脚的郡主，曾经让这对夫妻之间险象环生，但最后，间接帮助这对夫妻找到了真爱，也算是半拉子媒人。

说简单点就是：公主企图嫁给平民，但平民拒绝了公主，选择了真爱。比起"公主嫁给平民"来，这个情节，显然更动人。

通常，公主垂青凡人的故事，都要传达这样的情怀：
即便你平凡如电影里的休·格兰特或派克（当然，这两人都英俊到没法太平凡，只是电影里竭力装得很路人而已），也还是有机会获得公主垂青，因为什么呢？嗯，因为你虽然是凡人，但是真诚善良，生活又接地气，公主会为你舍弃荣华，降世而来。同理，王子迎娶灰姑娘的故事，也在传递类似价值观：无论你家世如何平凡，只要你有机会穿水晶鞋遛一圈，以你的美丽真诚善良，王子们也愿意抛弃荣华，前来追随你……

而"凡人获得公主垂青，翻身找糟糠妻"或者"灰姑娘获得大亨垂青，却依然嫁给青梅竹马穷男主角"的故事，稍微复杂些。米兰·昆德拉在《笑忘录》里说，女人未必喜欢漂亮男人，但喜欢拥有过漂亮女人的男人。

对感情不自信的人，总愿意自己的伴侣能做点什么，以证明爱情的深挚。所以许多男人像孩子一样爱听女人的赞美，许多女人则需要男人时不常买些未必实用但价格颇昂贵的东西，潜台词是："我才不管有没有用，就是喜欢你无条件听我话的样子！"最后，如果对方还能放弃点什么，更能显得自己身份贵重。如果一个男人实在没什么好放弃，就得白天黑夜地回答"我和你妈妈掉在水里，你救哪个"。在传说中，骑士需要为贵妇人跋山涉水，杀死怪龙和大象，找到黄金、肉桂与龙涎香，用河水、树枝和星辰做成衣裳，未必是因为她真爱这些，只是需要一再获得证明：啊，你对我的爱，足以克服这一切山高水长的障碍！

《河东狮吼》里，张柏芝有一段漫长独白："从现在开始，你只许疼我一个人；要宠我，不能骗我；答应我的每一件事情呢，都要做到；对我讲的每一句话都要真心。不许欺负我、骂我，要相信我；别人欺负我，你要在第一时间出来帮我；我开心呢，你就要陪着我开心；我不开心呢，你就要哄我开心；永远都要觉得我是最漂亮的；梦里面也要见到我；在你的心里面只有我……"其实，大多数人没那么刁钻，无论男女，都只需要一个简单但有分量的承诺。这种时候，这么句话是最有效的：

"你看，曾经有个公主/王子的爱情放在我面前，但我到底是选了你啊！"

如是，这个时代的公主与平民（或王子与灰姑娘）的爱情故事里，公主/王子们基本毫无优势。他们的尊贵身份与爱情，大多只是符号、道具、背景和垫脚石，简直就跟古龙小说里似的——绰号越长来头越大的，倒起霉来越快。一看某人来头极大，你就可以满怀悲悯地想，又来个炮灰。

总之，大多数故事里，公主和王子总是如此：

他们或者被用来让平民征服，或者被用来让平民放弃。前者是让平民获得身份的优越感，"我们也不输于王子和公主嘛"；后者是让平民体会道德的优越感，"你看我们连王子和公主都不要"。到最后，王子和公主的存在，只能反衬平民和灰姑娘们的纯洁、真爱与尊严。

所以，在这个时代，大多数面向平民大众、讲究政治正确的故事里，金钱、荣耀、声名都会被真爱、努力和勤劳打败。《魔戒》里，精灵族美女亚玟放弃永生也要找未登基的流浪凡人阿拉贡；《简·爱》里，罗切斯特先生不要美丽富贵的英格拉姆小姐而来找了简·爱；《笑傲江湖》里，任盈盈无视圣姑的至尊地位愿意跟着浪子令狐冲跑，可是人家却在小说编完四分之三才开始忘记岳灵珊。没有家世背景的小女生靠美貌智慧和小家碧玉小手腕击败诸多奸妃成为天子至宠；变形金刚大决战到最后，拯救汽车人的救世主却依然是普通人类……这些都是为了满足人类对自己身份的认同：看看，管你王子公主天翻地覆到最后，最重要的还是我们普通人！

第四辑

如果 有人
想自杀，
就 放他去
菜 市 场

人生 里，
总 有
一 段 传奇
在 等你

补益灵魂的食物

生了啥个角落，吃啥个饭。

这是句无锡话，我外婆最爱说的两句之一，大概意思是生在哪里，就吃哪里的饭。另一句是逢无可奈何到让人好气又好笑时，她就摇着头，手拢着肚子拍两下，说：

笑笑吧！除了笑笑还有啥个办法呢！

我外婆是常州人。她们那代人喜吃鳝鱼：切段红烧，勾芡，配蒜头，鳝肉炖入味了就细嫩滑软、肥润鲜甜。整锅熬得浓了，可以拿来浇米饭，也能浇面。

鳝鱼也能炸脆了，就是凉菜，宴席间先上，下酒用，嚼起来咔嚓有声。揉碎了撒面上，也可以。无锡的炸鳝鱼和红烧鳝鱼都很甜。实际上，无锡菜整个都很甜。

　　我不太猜得出为什么。有朋友说苏州菜甜，上海菜甜，我觉得不好冤枉他们：无锡菜的确是苏锡常菜里最甜的。上海人吃浓油赤酱，据说最初是跟徽商学的。我猜无锡人也跟着上海人学做菜吃酱油，怕咸，于是加大量砂糖？

　　总而言之，我很喜欢吃甜的。

　　无锡人吃早饭，泡饭为主，佐以下饭菜。曰炒鸡蛋，曰猪肉松，曰萝卜干，曰拌干丝（豆腐干切丝，热水烫过，酱油、麻油、醋的三合油一拌。扬州有煮干丝，还有拌干丝里放虾米的，无锡很少），夏天吃咸鸭蛋。

　　我爸会剥蒜头给我吃，父子俩剥了半天，吃得吸溜吸溜，味道冲！过瘾！我妈恨我们口气差，隔着厨房门骂：两张臭嘴！

　　不愿自己做了，上街吃。油条配豆浆是常态。油条拧出来时，白油滑一条，下了锅，转黄变脆，捞起来咬，刺啦一声。油条两头尖，最脆而韧，蘸酱油吃妙得很。豆浆，无锡大多喝甜浆。咸浆也有，少。

　　吃腻油条了，买萝卜丝饼吃，买油馓子吃，买梅花糕吃，买玉兰饼吃。萝卜丝饼是萝卜丝外和面浆下锅炸，外脆里鲜嫩；油馓子纯粹是个脆生，爱吃的孩子可以吃一下午；梅花糕是形若蛋筒、顶上封面皮、内里裹肉馅儿或豆沙馅儿的一种面食；玉兰饼是汤圆捏得了，卖不出去，于是油炸成金黄，耐于储存，只是吃起来一嘴一手的油。

晚饭了，米饭为主，配下饭菜。蔬菜无非青菜、蓬蒿菜、菠菜、金花菜、绿豆芽、黄豆芽，炒了吃，黄豆芽常用来炒百叶结，似乎有好口才，金黄发财。荤菜，则红烧肉、糖醋排骨、排骨炖百叶结，周末一锅鸡汤。夏天排骨炖冬瓜，清爽；冬天排骨炖萝卜，温润。春天可以吃排骨炖笋，加上咸肉就是腌笃鲜，格调颇高：那几天整个菜都清暖飘逸，两腋有清风生了。

周末了，去外婆家，外婆就摊面饼：面和得了，略煎，两面白里泛黄，黄里泛黑，有焦香，蘸白糖吃。吃腻了，借外公的茶杯，咕咚咕咚喝，打嗝。

外婆年纪大了，喜欢熟烂之物。青菜毛豆百叶煮面，面煮得绵软，鲜，入味，但没劲道，青菜叶子都软塌塌：我们这里叫烂糊面。如果有南瓜，和宽面一起炖，炖到南瓜烂了，宽面也快融化了，稀里糊涂就着一起吃。

无锡人都爱吃馄饨和小笼汤包。进店先叫一笼汤包，馄饨后到。汤包个儿不小，肉馅儿，有卤汁；面皮蒸得半透明，郁郁菲菲，一口咬破，吸卤汁，连吃肉馅儿吞包子。我可以一口一个，我小舅婆就咂嘴："张佳玮，好大的一张嘴！"

包子吃到分际，上馄饨了。馄饨按例需有虾仁和猪肉糜为馅儿，汤里需有豆腐干丝，至不济也得加紫菜。拌馄饨则是红汤，也甜，另配一碗汤过口——无锡人吃什么都甜。

季节对的时候，有店会卖蟹黄汤包，交情好的店送姜醋蘸食，好吃。

姜醋在我们这里除了吃虾吃蟹，还有个用途：蘸镇江肴肉吃。肴肉压得紧，咸香鲜凉，蘸酸味下酒，妙不可言。

当然也吃鱼，也吃虾。鱼则红烧或汤炖皆有，虾大多清水煮，加以姜和葱。虾肉鲜甜，本不需调味，丽质天成。

我妈除了红烧肉，还擅做大盆葱花蛋炒饭。我爸则擅长鱼头汤与荷包蛋。此外，他拌得一手好豆腐：只用盐和葱，就能把一方豆腐调得好吃，再一点儿麻油，可以下泡饭了。

到乡下去吃宴席时——无锡郊区乡村人，都很喜欢吃宴席——就是冷盘在先，牛肉、羊肉、白斩鸡、炝毛豆、脆鳝、虾、花生等先上，后续炒虾仁、芙蓉鸡、清蒸鱼、大炒青菜、红烧螺蛳等。盘旋往复之后，末尾一道鸡汤，一份红烧蹄髈。

我在无锡，当然也下馆子，也请客酬答，但家常舌头是认这些的。就这样长到了十九岁，去了上海上学。

吃食堂。吃馆子。吃得到处都有些不认识了。吃馄饨和汤包，完全不能接受。曾经沧海难为水，南翔小笼我也吃不下了。

租房子了，自己下厨。只会几个菜，反复做：

红烧肉。炒糖色，肉略煎，多酒，少水——少水是苏轼的办法——八角、生姜、老抽等俱下，慢炖。

鱼头汤。鱼头略煎，看准火候加水，慢炖，加豆腐和葱。

妈教的蛋炒饭，自己相机加青豆、香肠、胡萝卜、青椒、毛豆、虾仁。做得好了，口感纷繁，吃饱了打嗝；做得不好，比如错加了甜香肠，完了。

出去旅游。桂林的米粉和龟苓膏。武汉的豆皮和热干面。天津的熬鱼。青岛的鱿鱼。杭州的叫花鸡、片儿川和莼菜羹。海南的抱罗粉。西安的肉夹馍和酸菜炒米。都吃，都喜欢，但爱不上。

后来，某人来了上海，跟我一起住。她是重庆人。吃了上海南华火锅，一咧嘴：

"这也叫火锅？"

我被她带回重庆，去见识老四川的枸杞牛尾汤——汤极鲜，淡而有味——和灯影牛肉丝；去邱二馆喝鸡汤，去大礼堂旁的山道上吃串串香。去贵州吃街头烧烤、炒土鸡蛋和酸辣粉。去康定吃烤松茸。在三十九度高温下，汗流浃背，吃烤脑花。

我慢慢能吃辣了。慢慢能从辣味里吃出其他味道。所以跟地道重庆和四川的菜一比，觉得其他地方的辣味——比如上海许多川菜馆——辣得没内容，不婉转，不缭绕。

但是回到上海，还是得过日子。

　　早上出门，从蒸笼熏腾的店里买香菇菜包，买蜂蜜糖糕，买霉干菜肉包；隔壁店买豆浆，买鸡蛋饼、韭菜饼和萝卜丝饼。这就可以回去了：两个人擎着包子和饼一路吃。

　　午饭了，拿着一堆外卖单子发呆。有时叫个武汉馆子，豆皮两份，米饭不用了，再来个粉蒸肉或者武昌鱼——豆皮两边香脆，中间夹的是糯米馅儿，很香，也能做主食。有时叫个煎饺，要刚出锅的，取其脆，配辣味蘸酱，还有非分的要求："你能往你隔壁店顺便给我们带份冰豆浆不？"也有叫日式牛肉饭的——店里太吵了，每次叫都得扯着嗓子喊。冬天，叫鸭血汤配汤包和三丁烧卖，只要汤够烫，鸭腥味也不会有感觉。或者从一个西安馆子叫烩麻食，"还有桂酒没有？"

　　上海最大的好处：只要你肯叫外卖，足不出户也能变着花样吃，饿不死，而且不至于对生活丧失信心。

　　到半夜，也能想法子吃。经常是我写着字，某人问我：
　　"你饿吗？"
　　"不饿。"手敲键盘不停。

　　过了一会儿，"你饿吗？"
　　我于是停手，"我饿了，要不然我们去吃烧烤吧？"
　　于是她雀跃："我就知道你饿了！要吃烧烤！"

就出门，去烧烤摊坐着，等吃。上海的街头烧烤，蘸料和腌制都不如贵州和重庆，但聊胜于无，萝卜当人参，关了灯都差不多。

有时也不吃烧烤，吃街头游动的消夜三轮车：大爷守着大锅，炒得半条街油香四溢。你问大爷要椒盐排条、宫保鸡丁、蛋炒饭、炒河粉、炒韭黄，会做，做得油光闪亮。有时候吃着，大爷休息，自己给自己炒盘花生，喝酒，抽烟，扬声问我：

"要不要花生？来来，抓一把！"

到了巴黎之后，牛排比萨烤肉寿司，很容易吃腻。寻思做菜吧。头一个月，没找着亚洲超市，于是每天回家，剩了愁眉相对：

"千层面？"

"千层面。要不我煎个牛排？"

"不要！腻！！"

变着法子，想出了许多奇怪吃法。比如意大利通心粉，用铁板与牛油一起煎，比煮着好吃，有面被烤的香味。比如三文鱼，生吃，煎着吃，最后炖汤喝——腥得很。

法国猪蹄很便宜，买来炖，做蹄花汤。可惜没生姜，法国盐味道也怪。最后做出来，蹄花和汤都索然无味。那时你就觉得了：不是没咸味，是不鲜。咸味是解口淡，鲜味是灌醉舌头。

终于找到亚洲超市了，喜出望外。日本味噌汤、酱油、韩国泡菜、越南春卷、中国香港云吞、三黄鸡、冬阴功汤泡面、速冻饺子、泰国香米，见什么抢什么。回家时推的购物车冒尖，路人看我们的眼神都不对了。

转过一年，搬了家，购物便利许多。出门就是七大洲四大洋的超市，牛百叶和居朗松葡萄酒都能随手买到。

爸妈也担心我吃不好，每次视频时都问我，还要我拍了食物照给他们看，以免我报喜不报忧，明明在啃干面包，偏吹自己吃海老。我就跟爸妈说了：去超市，买鳕鱼、三文鱼和牛排，买牛筋丸、豆腐、牛肉、羊肉和洋葱，买生菜、茄子和豆芽，买牛油果。

怎么吃呢？

嗯，三文鱼低温冻过，再切刺身吃；山葵不可蘸酱油，不然不香；鱼一面蘸山葵，一面蘸酱油，一嚼，香味冲鼻子，鲜甜咸在嘴里一搅和，鱼肉内水凝冰碴儿刺啦一声碎了。
或者拿三文鱼切块，牛油果切碎捣成泥，跟冷米饭放一起，倒酱油，拌匀，撒白芝麻，也好吃的。
嗯，鳕鱼拿盐一腌，炸虾粉一裹，下锅煎，煎到肉块饱绽，一块块一列列成蒜瓣儿状，就能吃了。
嗯，鸡用冷水煮，去了血水，加葱姜酒，大火煮开，然后慢炖，末了加盐，成鸡汤。

嗯，肉糜下锅炒了，下料，加豆腐翻炒过，加水略炖，收完了勾芡，算麻辣豆腐，可以下饭。出锅撒葱和花椒末儿。

嗯，吃腻了，就吃清淡点儿。六杯水一杯米酒一杯酱油，煮豆腐，"八杯豆腐"，出锅时加海苔。米浸一阵子，和萝卜块一起加盐焖煮，熟了，再蒸一下，如此萝卜味道很透，不滞涩，甜。萝卜饭加上豆腐汤，再加个生姜片，一顿饭了。

土豆煎过，加水，加洋葱切片和大包咖喱粉，慢炖，炖到咖喱浓稠了，下牛肉，等牛肉变色缩起，就能浇饭上了。

真不想动，也行：大锅，下重庆带来的火锅料，然后牛筋丸、金针菇、牛百叶、鸭血、萝卜片、土豆片，咚咚咚咚往里头放。某人负责调酱：她调的味好，调的汤、调的酱，都味道鲜浓。

我妈听了很是安慰，于是开始拉家常：哎呀呀，早上去吃鸭肉面时，狗狗又去吃别人的东西啦！

——我爸我妈现在，每天早上，出门吃鸭肉面。我爸要紧汤，我妈要宽汤，另要一碟姜丝。吃面，鸭肉是烧鸭，泡在面汤里，等脆劲略过，开始软乎了，吸溜溜吃掉。

——由鸭肉面，我就想到了馄饨和小笼包，想到店里"白汤辣""拌馄饨""一两蟹粉小笼"的声音。然后我就立刻垮了。

——但我知道，不能跟某人说。一说，她就会想起重庆的烤脑花和涮鸭肠、涮黄喉来，想到她喜欢的鱼香茄子来。

　　春天到了。早上出门前开窗，午后回家看，迎窗一面墙，扑头都是鲜绿色：是树影摇摆，被阳光砸到墙上了。这时我就想起春茶。想从墙上把鲜绿树影揭下来，跟揭树皮似的，洗洗干净，放冰箱里镇一镇，到晚来，使热水泡开，当茶喝。

　　然后就想到莼菜羹，想到叫花鸡和东坡肉。但这些不能跟某人说，一说她就想到南山路，想到苏堤，就没止境了。只好自己想想，自己念念。念着念着，好像就吃到了。

　　我们忙了一周。到周二略有松快。当日我早回家，买了菜。想过去一周，一直是汤锅、咖喱、生鱼片这么速食对付的，正经做个菜吃吧。去超市买了茄子、鳕鱼和猪肉，预备做某人爱吃的鲍汁茄子煲、煎鳕鱼和红烧肉。

　　茄子先用水略浸，然后姜葱炝锅，油过一遍，上锅焖着了，加了醋、冰糖、一点子辣椒。我不会调味，且调且咂摸，感觉有点儿意思了就好。

　　鳕鱼腌完，扑了粉，等着下锅煎。

　　肉使油煎过，下了老抽和酒，跟重庆带来的芽菜一起慢炖——我等不来蒸烧白，所以是我们那里的红烧肉减少一点儿糖跟炖四川芽菜的混合做法。

　　美国南方人吃soul food。当然这里的soul如果溯源，未必真跟灵魂有关，更多是与黑人相关。但我们是真有灵魂食物的：生在哪里，就吃哪里的饭。比如，对她而言，芽菜、茄子、煎烤香和辣料，就是灵魂的补益。

黑泽明说过，白天吃东西补益身体，晚上吃东西补益灵魂，差不多的意思。

然后某人短信给我，说回来路上绕了个弯，去某个华人区，给我买了小笼包。

"可能冷了，回来加热一下。"

"有馄饨，配汤料的，我一起买回来，晚饭不用备了。"

怎么说呢？巴黎馋虫版的《麦琪的礼物》。

一涉及食物，立刻心有灵犀了。

我能说什么呢？也就只有我外婆那两句话了。

生了啥个角落，吃啥个饭。

笑笑吧！除了笑笑还有啥个办法呢！

吃茶，喝茶

英国大概算西方世界，最爱喝茶的一国了。十八世纪，英国人喝茶得靠东印度公司接济。伦敦茶价，每磅茶值到四英镑——按购买力折算，到十九世纪中期，一英镑都相当于2014年的二百镑以上，折合人民币两千元开外。再早一百年，更金贵了。一磅茶折合如今万来元人民币，吓得死人。如是，维多利亚时期艳情小说，经常描写贵妇人拿茶勾引壮年平民。现在看来简直是开玩笑：还有拿茶来勾引人的？但那个时代就能见效：说来就是欺负人家穷，平时喝不到。

幸亏欧洲各国打抱不平，压低茶税，英国茶叶价才跌到两先令一磅，老百姓也才喝得起了。好茶须配美器，所以瓷器茶具也成了欧洲一宝。中国瓷器在欧洲卖得贵，一半是因为易碎难运输——比如明朝时往西运瓷器，有种妙法，是往瓷器里塞沙土、豆麦，等豆麦长出藤蔓、缠绕瓷器、摔打不碎了，才起运——一半就是仗着英国人太爱喝茶了。1794年，英国人自己发明了骨瓷，说到底，就是被喝茶之风催的。

当然啦，贫苦大众都喝上茶了，贵族们就坐不住了。十八世纪，尤纳斯·汉威先生认定，英国普通大众，包括侍女和工人，就不该喝茶，不然没法儿专心工作服务国家，可老先生却对贵族的饮茶风闭口不谈，说穿了，就是嫌下等人民粗穷，都喝茶了，就影响他老人家的尊贵地位啦。可是茶叶价格还是跌，英国老百姓都能喝，没法儿禁绝，上等人只好拔高自己，把喝茶弄得神幻玄妙。比如十九世纪末二十世纪初的舆论里，英式下午茶是绅士与贵妇人们的风雅据点，无数秘制点心的发明源头，须有好茶室、好器皿、饱学贵人、庄园主、艺术家们才有味道。寻常体力劳动者，也就只能饮牛似的喝茶就粗面包牛肉去。

但也有人看不惯这股劲，比如卡萨里内·怀特霍姆（Katharine Whitehorn），看腻了贵妇人们"没有茶，怎么活得下去"的娇软呻吟，在《观察家报》上吼了一嗓子："教离了茶就死的人直接去死，他们就活得下去了！茶根本就是英国病！英国人伤春悲秋，都是喝茶这档子事闹的！"这话听来，有点儿金刚怒目、鲁智深醉砸大观园的意思。但是呢，咱们能从另一个角度谈。

十八世纪，被贵族目为风雅的英国茶，绝大多数是红茶，且配糖。实际上，英国人在控制印度前，根本不相信绿茶和红茶是一种植物，咬死这是两种树上长的——茶从东方运到英国，必须耐久藏、绿茶、豆腐和酒，又出了名的经不起久运，于是那时英国进口的，全是发酵了耐久藏的红茶，还都当个宝。比如1688年光荣革命的威廉和玛丽夫妇，计点家资，玛丽女王的嫁妆里，有半斤红茶，真是当个宝藏着，其珍贵也如此。十八世纪，英国人喝红茶加糖，夸张到此地步：英国商界想统计全国一年喝茶多少，但因为走私逃税的茶太多，一时摸不透，脑子一转，计上心来，既然英国人喝茶都加糖，直接统计全国一年耗了多少砂糖嘛！所以，你看：英国风雅太太们喝的，也就是为远航而特制的红茶，还加糖，或加其他香料。放中国，其实也就是王婆请潘金莲喝的点茶那档次。早在宋朝，苏轼都知道"且将新火试新茶"了，英国人却喝不着新鲜茶——这样还想摆起喝茶的谱来，着实有些拿鸡毛当令箭呢。

日本茶道，初识的人都觉得其仪式庄重烦琐。但其实日本史上茶道第一大宗师千利休（千宗易），当年也抵制华贵装饰，喜欢"草庵茶室"，念的也是"清敬和寂"四字真言，认为茶道不过是点火煮茶而已。他老人家和同为茶道大宗师的武野绍鸥，有许多传世茶器，大多不尚华丽，而求返璞归真。比如千利休定型的乐烧茶碗，不用辘轳拉坯而用手捏刀削，器物未必规整，好在古拙自然。英国小说家菲尔丁也早就看透了：爱情和私房话流言，是茶最好的调味品。去掉各类玄虚门道，承认喝茶就是大家一起取个暖、说个闲话、顺便喝点儿东西，反而更对路呢。

日本人折腾茶道，最初是学中国的。中国唐宋盛行点茶，明初开始流行泡茶，日本人学去了，略加修改，也就是后来抹茶和煎茶之分。抹茶是要"点"的，现在日本人点抹茶，惯例是先温碗，再调膏——以抹茶加些许水，调成浆糊状，然后以茶筅击拂。这技法，宋朝时蔡襄就总结了："钞茶一钱匕，先注汤调令极匀，又添注之，环回击拂。"日本正经茶会，先饮浓茶，仪式感极重，还得大家轮流分一碗茶喝（日本人也不是不知道，这么做挺让人不舒服的，所以历史上颇多"某某虽见传来的茶碗中有脏唾甚至脓液，依然慨然喝掉，遂成生死之交"的故事），然后喝薄茶。蔡襄所谓的一钱匕调茶法，在日本是极浓的茶了。

世界人民喝茶时，都要配吃东西。英式下午茶，糕点堆成金字塔：烤饼、熏三文鱼、鸡蛋、奶酪、果馅儿饼、面包、牛油、手指三明治，能组个"英国报菜名"。俄罗斯人甜面包、蛋糕、蜂蜜摆满桌，经常就替一餐了。日本人吃茶，配和果子。周作人先生很喜欢这玩意儿，认为日本和果子，虽是豆米做的，但优雅朴素，合于茶食的资格。日本茶道里，当作配茶点心的和果子位份极重。哪家有善做和果子的秘方，与私藏秘制茶器一样，都可以当家族骄傲的。

和果子这东西，材料不太珍异：日本本土，出产不算丰富，所以和果子的材料，总逃不过豆沙、麻薯、栗子、葛粉和糖。关西饮食清淡些，果子也做得细巧；关东口味厚润，于是从山梨县的信玄饼到东京浅草寺的人形烧，都是麻薯为里，外面厚厚一层黄豆粉。京都有名的果子店俵屋吉富，创于十八世纪末了，给京都公家做了两百多年和果子。其出品配料上，也无非老老实实的"樱渍""黑糖""抹茶"，并无什么奇技淫巧，至今依然，但好在果子手感细洁，易取易吃；匣子精美，一张浮世绘风的京都地图为包装。连看带吃，和风俨然，配玄米抹茶喝，感觉甜味从有形到无形消融弥散。吃完起身，也没有"拂了一身还满"的扑簌簌麻烦劲，非常妥帖。细想来，日本不止把茶给"道"化了，顺带把茶食也"道"化了——好吃之外，还考虑色彩、触觉，一整套的细致精雅。比如夏天须用葛粉来显透明清凉，春天就做出绿枝薇菜的模样。当得起周作人的赞许。坏处是，和中国的月饼一样，日本和果子的仪式化，已到夸张的地步。比如你看日剧里随地吃的羊羹、机器猫吃的铜锣烧，单抽出来，也就是日常垫肚子的零食，可是往茶会上一摆，放进了织部俎盘、吴须手山路瓷盘、桃山风漆器碗、伊贺釉鲍形大钵这些来头甚大的东西里，那就是地道茶食，立刻身价百倍了。

　　前述的茶圣千宗易先生，最有名的创举之一，就是怀石料理。如今你去日本点菜，怀石料理是正经十四道程序的流水大菜。诸如京都的辻留、大阪的吉兆这种"不管实际上是否好吃而且价码牌看得吓死你，但去吃就对了"的店，吃时不免战战兢兢，端个盘子上

来，可能都是北大路鲁山人这样的大宗匠手制的文物级宝贝。但在
千宗易所处的十六世纪，怀石料理就是茶会上果腹之用。怀石者，
僧侣饿了，抱着石头暖腹的意思，清净简素，本不华丽。千宗易时
代的怀石料理，是所谓一汁三菜。汁是大酱汤，三菜是凉拌野菜、
炖菜和烤鱼，一小点儿米饭。

　　传统怀石料理，是在茶会中间吃的，吃完之后，客人去休息
下——所谓"中立"——之后，就是"后座"，得喝浓茶和薄茶，
可能还就和果子；所以怀石料理说白了，就是让你喝茶之前，胃里
垫个底，怕浓茶伤胃。到后来，江户开府，怀石料理的格式也确定
成了刺身、烩煮和烤菜，讲究得多了，但也不奢靡，还是三菜一
汤。其实说来传统日本料理，精华也就在此：刺身考验刀工和鱼的
新鲜度；烩煮（煮物）除了时令蔬菜的选择，就得看鲣节、酱油、
酒这些调味品的质地。这些东西一综合，就是考验你"如何以极简
单的、以鱼及蔬菜为主的食材及鲣节、酱油为主的调味料，做出好
东西来"的本事，所谓极简的纯粹就是了。
　　可是时日迁延，仪式化日益严重，怀石料理也就越发庞杂，甚
至单纯为茶食而定的"茶怀石"，都从"一汁三菜"变成了起码六
至八道菜，什么菜名贵摆什么菜。于是怀石料理本来是配茶的，如
今却成了贵族沙龙、宰客专用。千宗易如果复生，一定皱眉头：老
夫好歹是一代茶圣，当年又不是没钱，吃不起料理，好容易把茶室
精简到四张半榻榻米，把个奢华的茶会搞成了清静素雅的套路，好

容易琢磨出一汁三菜这个丰简得宜，既饿不死你们又不会让你们吃腻的菜谱，你们倒好，又全部返回去啦！

中国人的茶食，就没那么琐碎规矩。一来古代小说里，常把喝茶写作"吃茶"，真是吃的。《金瓶梅》里，王婆和西门庆制造中国史上最著名奸情案，为了哄住潘金莲，就先"浓浓点一盏胡桃松子泡茶"，是路边茶铺的喝法。孟玉楼要跟西门庆谈亲事，请喝的就是蜜饯金橙子泡茶，清雅得多。《西游记》里蜘蛛精的师兄多目怪，为了给唐僧师徒下毒，就在茶里下了几颗枣子。《梦粱录》里，宋朝人四时卖"奇茶异汤"，花生、杏仁、芝麻、核桃都敢往茶里放，看着方子都很香。

至今吴方言里，"喝水"二字还被读为"吃茶"。扬州人认为"上午皮包水，下午水包皮"，上午茶馆下午澡堂，是人生至乐。实际上一上午若真是光喝茶，人都喝成仙了，一下池子都化没了，所以在茶馆里主要还是吃。干丝、五香牛肉、烧卖，皆可佐茶。老扬州、南京人有"吃讲茶"之俗，比如要谈事，就不吃饭而吃茶，来笼点心，两碗茶，事情就能谈下来。淮扬点心名动天下，一大半倒是吃茶吃下去的，比如扬州有名的干丝。老年代扬州，徒弟学手艺，先学切干丝。练习步骤，开始是切姜丝，切得熟极而流用刀如神了，再切干丝。按扬州老例，干丝切得了，分大煮或拌。拌也就是烫，干丝用水略一烫，加三合油，宜茶宜粥。大煮干丝算一道菜，须下火腿、干贝、皮蛋等熬汤，众家亲贵王公，捧出一道小家碧玉的干丝来。扬州人以前上茶馆，彼此客气。"请你煮个干丝吧？""拌就好，拌就好。"而且干丝非只刀工利落，豆腐干本身亦不寻常。广东茶餐厅的吃茶是最夸张的，比起后面堆山填海、旗驾显赫的云吞面、虾饺、河粉、白云猪手、豉汁凤爪们，茶真的只是山间白云、湖上浮萍，纯是点缀，但最后这一系列行为，还是"饮茶"——说也奇怪，边吃边聊消磨掉如山积的时间和饮食，只要冠以"饮茶"二字，忽然就云淡风轻了。

宫廷过年吃什么

　　《笑林广记》里有个段子，说一人爱吹牛，进过次京，就说自己见过天子。问天子住何处？答：门前有四柱牌坊，写金字曰"皇帝世家"。大门上匾额，题"天子第"三个金字，两边居然还有对联，所谓："日月光天德，山河壮帝居。"贾平凹讲过个段子，笑点类似。俩关陕农民聊天："你说蒋委员长每天都吃什么饭？""那肯定是顿顿捞干面，油泼辣子红通通！"河南戏里，曹操为了留关羽，曾这么唱："……顿顿饭包饺子又炸油条，你曹大嫂亲自下厨烧锅燎灶，大冷天只忙得热汗不消，白面馍夹腊肉你吃腻了，又给你蒸一锅马齿菜包，搬蒜臼还把蒜汁捣，萝卜丝拌香油调了一瓢。"看了令人哑然失笑，深觉曹丞相府上，烟火气息好生撩人。

　　我国历史上，大多数时候的百姓，就是这么可爱：没有士大夫识字读史的机会，所以对宫廷贵胄生活，全仗戏曲评书，融汇日常想象。但如果细细琢磨，其实古代宫廷御膳，还真未必比老百姓的想象华丽出多少。比如吧，曹操的孙子魏明帝曹叡，已经是魏明帝了，为了查验著名美男子、五石散大宗师何晏是否脸上敷粉，还在朝堂上请大家吃热汤饼——魏晋时汤饼者，白面汤也。如今休说是朝堂，就是百姓家里，请来客吃碗热汤阳春面，都会被人瞪眼睛呢。又说，战国秦汉间，祭祖宗用太牢——猪牛羊全备是也。说来实在不精细，全仗着肉头厚，哄祖先高兴罢了。

　　古代人并不都把年夜饭当一年最正经的时节。比如宋朝节假极多，天子的生日也要过节吃饭。清朝有所谓三节，也就是过年、端午节、中秋节。过年是讲究过一岁。在古代，岁者，木星也。古人对岁与其说热爱，不如说敬畏。加上宫廷平时吃东西就脑满肠肥，膏腴得很，不像小民百姓，攒着胃口，大年夜猛吃一顿。如是，宫廷年夜饭，仪式感比口味重要得多。这就像许多商务宴饮，不求有功，但求无过：好吃不好吃的另说，先把规矩合了再说。

　　比如吧，唐朝宫廷过年，先不忙着吃喝，而是大家一起看太常寺卿安排的舞蹈，还不是春节联欢晚会那种百花齐放，也不能听郑声淫乐，而是大张旗鼓的傩舞，用以驱除邪魔瘟疫。皇家诸位居安思危，知道人类普遍奈何不了他们，所以尤其敬神。等驱完鬼神，天子兴致所起，就开摆宴席了——这才是年夜饭开始。

　　宫廷年夜饭不用问是极华丽的，但也有局限。比如武则天宠爱的美男子张易之发明过的鹅鸭炙——把鹅鸭灌酱醋味汁，活活烤死——就不能吃，太不中正了。端正些的就只能吃大肉了。英国人以前没发现火鸡时，圣诞节吃野猪肉，唐玄宗也有此好：野猪肉煮熟晾干，切片拌米饭，配茱萸和盐，晒干了，再蒸熟吃——看来令人眼花缭乱，不输于《红楼梦》里王熙凤拿来跟刘姥姥开玩笑的茄鲞。又传唐玄宗过年赐宴时，请臣下吃过驼蹄羹，也是块头大、肉头厚的神物。杜甫没机会吃，只好写诗叹："劝客驼蹄羹，霜橙压香橘。"野猪肉和驼蹄热量都高，让林黛玉来吃，一准就吐了。可是玄宗家的杨贵妃体格丰腴，吃起来就不费事。

　　野猪肉里有茱萸一味，乍看有些奇怪。"遍插茱萸少一人"，天下皆知，茱萸杀虫消毒、逐寒祛风，可做药用。用来做菜，是不是怪了点儿？这就是古人的逻辑：过年务以祛风寒、避邪祟为上。所以不仅要以茱萸入馔，还要喝椒柏酒——花椒和柏叶浸的酒。楚人奉祀神仙时就用花椒酒，到了汉朝，世人相信花椒使人长寿，柏树又长青，喝这玩意，自然长命百岁。

　　唐宋之间，宫廷也饮屠苏酒。不用问，又是益气温阳、祛风散寒、避邪除祟的好东西。世传是华佗所创，孙思邈热情推荐，最后宫廷里也觉得喝喝不妨，就试了。妙在椒柏酒和屠苏酒喝起来，颇为别致：少年者先饮，因为过了一年，年轻者"得岁"；年老者后饮，因为又老一年，老人家"失岁"——又是仪式感。但苏轼也很看得开，只要活得长，最后一个饮屠苏又如何呢？——"但把穷愁博长健，不辞最后饮屠苏。"

苏轼都饮屠苏酒，可见屠苏酒到宋朝，已经是大众过年饮品了。王安石所谓"爆竹声中一岁除，春风送暖入屠苏"，"春风送暖"这四个字，可见自古都喜欢冬天吃内含温热之食。汉魏六朝间，宫廷就吃五辛盘。五辛者，大蒜、小蒜、韭菜、芸薹、胡荽是也。在哥伦布发现新大陆、辣椒传遍世界前，亚洲人基本靠吃这些东西。孙思邈的理论是：正月时，吃五辛可以开五脏、去伏热——当然，佛教最讨厌这五种玩意儿，认为熟吃发情欲、生吃长怒气，天上人都嫌这味道脏。但众所周知：佛家不爱的世俗之物，如酒、如肉、如色欲，凡人都爱。过年时还不赶紧蹭个够？

宋朝人过年，比唐朝就接地气些。宋时御宴，仪式比吃饭重要，年夜饭亦然。正菜前惯例吃果子，第一道菜配什么曲子，第二道菜配什么乐舞，都得登对着来。到第三道后，才有下酒肉、角子（也就是如今的饺子）等物。北宋朝廷节俭，宋仁宗半夜吃烧羊都要考虑半天，年夜饭也平淡。辽国过年却很别致：过年时，以糯米饭、白羊髓捏成团，如拳大，每帐里发四十九个，用来"惊鬼"，惊完了鬼后，大家吃了。休看是个糯米团，考虑到辽国牛羊肉奶多而蔬菜米面少，过年每帐来四十九个糯米团，还真是奢侈呢。除此而外，辽国过年还喜吃貔狸，也就是黄鼠。这玩意儿形如大老鼠，极肥，辽国主吃的貔狸是使羊奶养的。此物妙在能使肉烂，比如一个鼎里煮着肉呢，扔一脔貔狸肉进去，全鼎肉立刻酥烂——端的是好。

明朝饮食，实在无甚话说。虽然朱元璋珍珠翡翠白玉汤的故事只是相声，但他和马皇后饮食节俭不动花样，确是真的。明末几任皇帝就很没趣，总怕自己不能长生，于是过年也常吃什么五味地黄煨猪腰来补肾，老山人参炖雏鸽来益虚，陈皮仔姜煲羊肉来补气，枸杞杜仲汆鲤鱼简直是要给孕妇吃的。袁枚一句话总结就是："明朝官中饮食，由疗饥变成却病，所谓有菜皆治病，无药不成肴。"刻薄是刻薄了，但也说得是。

清朝，其实也好不到哪里去。满汉全席被全世界幻想得金碧辉煌，但从《光禄寺则例》里看来，此席的真正意义在于"全"，而非"精"。比如满席就是满人的饽饽桌子，全部为各种糕点馔饵与果品；汉席有鲍鱼、海参、鹿筋之类，但每席只用二两，且与猪肉同煮，形式胜于实际。乾隆皇帝下江南多了，爱吃江南菜肴，也很吃些"燕窝红白鸭子南鲜热锅""山药葱椒鸡羹"，算是丰富了宫廷膳食。他老人家过起年来，冷热膳、酒茶膳、小菜点心汤粥蜜饯一百零八品，但重点倒是拿些蜜饯苹果、松仁瓤荔枝、青梅瓤海棠之类的果盘摆着，主要是好看，用来消夜守岁时还能念叨"盒子摆得甚好，以后某某官也照着摆就是"。

　　慈禧老佛爷净被人说奢侈靡费，但其实她老人家过起年来，费则费了，精则不足。过年吃晚膳，或宁寿宫，或体和殿，布三个桌子。老佛爷居中一桌坐了，皇帝在东桌，皇后西桌。皇帝执壶斟酒，皇后把盏，给太后祝福，老佛爷一杯酒饮三次，算是珍贵身体。真吃起来，第一种菜最常见，都是燕窝摆的寿比南山、吉祥如意，好看罢了，味道却未必佳；实际上大多数吉祥菜，都在鸡鸭身上找，比如燕窝"寿"字红白鸭丝、燕窝"年"字三鲜肥鸡、燕窝"如"字八仙鸭子、燕窝"意"字十锦鸡丝。第二类是例菜，中规中矩——换个角度想想：御膳房的庖人，御前当差，大都不求有功，但求无过。除了乾隆、康熙之类多下江南、兼容并包、敢尝鲜的皇帝，其他大多是按制度来。又加上清朝尚膳监想得很明白：有什么珍奇时令食物，天子如果吃顺了嘴，天天要，御膳房日子还过不过了？第三类是贡品菜，比如熊掌、鹿脯、龙虾，这才是见真章的珍奇玩意儿。可惜再好吃，太后惯例每盘三筷子，就撤了。吃到最后，按满族规矩，必须吃一份煮饽饽，也就是煮饺子。可就连煮饽饽都有花样：饽饽里放元宝，谁吃到了谁来年多福多寿。不用问，最后都是老佛爷吃到，大家图个开心罢了。

　　所以说到底，宫廷年夜饭，一半吃规矩，一半吃药膳。譬如北方过年必吃饺子、江南年夜饭最后必有个红烧蹄髈。珍奇必然算不上，最后吃的也就是个踏实自在——过年这种时候，吃得团圆温和、心里平安，才是最重要的吧。

给食物起个中国名字

中国人自古骄傲，很重华夏和蛮夷之分。蛮夷有好东西拿来吃喝，也要特别给个称谓。古代中国人图俭省，习惯这么起名字：西域来的，都给个前缀，叫"胡什么"，比如胡瓜、胡豆、胡萝卜、胡椒、胡桃，那都是西边来的。如果是海外来的呢，就叫"洋什么"，比如洋烟、洋葱、洋芹菜，那就是海外发来中土的。西域是胡，海外是洋，分门别类，各安其所，舒坦啊。

但总这么拿胡洋字样给人安插，也不是很雅驯。中国古人既风雅，又是礼仪之邦，入乡随俗吧。意大利人Matteo Ricci来中国，也不强逼着中国人咬意大利语字样，自定了汉名叫利玛窦。中国人也客气，到清朝就管英国叫英吉利，管美国叫美利坚，都是好字眼。

比如说吧，鼻烟这东西，英文叫snuff，清末大家都好闻这玩意儿，就给起个译名叫"士那夫"，纯是音译。烟草tobacco，在菲律宾种得甚好，中国士大夫听了，按字索音，就译作淡巴菰，也有种说法叫淡巴姑。乍看字眼听读音，会以为是种清新淡雅、适合熬汤的菌类。

万恶的鸦片，乃是opium的音译不提，好玩在鸦片另有个中文名，叫作阿芙蓉，乍听之下，还以为是犯毒瘾的，特别钟爱其气味芳香，定的美名。实际上一琢磨：鸦片在阿拉伯语里读作Afyum，那不就是"阿芙蓉"么？鸦片可恨不假，阿芙蓉这三字因音定字，上好的辞藻，不下于把希腊首都Athens译作雅典。

广东和西洋贸易最早，于是造出了许多漂亮的译名。粤语译名，都按粤语读音，不拘形格，用普通话念，会觉得风马牛不相及。但用粤语一念，就觉得音极近。比如把kiwi翻成奇异果，真是神来之笔，意音皆近。milk shake翻成奶昔，就有点儿一半一半——前一半意译，后一半音译。把salmon翻成三文鱼也是源自粤语，一如sandwich翻成三文治，只是很容易让人疑惑：三文治和三文鱼有没有远亲关系？香港人至今称呼某种水果为士多啤梨，不知道的会以为很神秘，细一看是草莓，再一想就明白：strawberry，直接音译过来啦。

葡萄牙人拿来做早饭吃的煎蛋omelette，粤语里叫作奄列。把

egg tart译作蛋挞，也是粤语创意。在广东茶餐厅，吃到班戟这玩意儿，第一次见，会以为是班超之戟，看模样，又不太像戟。再一看：是pancake（锅摊薄饼）的音译，可见广东人译音用字，又险又奇。实际上，因为粤语读音引入甚早，所以至今布丁（布甸）、奶昔、曲奇、芝士这类西式茶餐惯见词，大家都习以为常，把粤语称谓当作惯用了。甚至日语うどん，被翻成中文乌冬面，其实也是粤语发的端。

但译名界的通行语言，不只粤语一味。清末上海急起直追，语言上也不遑多让。比如，Russian soup，俄罗斯汤，被上海话一捏，就成了罗宋汤；广东人不是管omelette叫奄列么？上海人偏要出奇，用吴语念作杏利蛋。欧陆面包toast，广东人叫作多士，上海人就抬杠：就得叫吐司。

有一个美丽的传说，称泰戈尔当年访华，徐志摩负责接待。两位才子一起抽cigar，吞云吐雾。末了泰戈尔问徐志摩，这玩意儿可有中文译名？徐志摩才情泉涌，答曰："cigar之燃灰白如雪，cigar之烟草卷如茄，就叫雪茄吧！"故事动人，但稍一查验便可发现，1905年连载完的《官场现形记》里头，早有了"雪茄"字样。而且上海、苏州、无锡、常州这吴语区的人都明白："雪茄"俩字，用普通话念，与cigar不甚合衬，但用吴语念，就严丝合缝。很可能这就是位吴语地方译者，早在19世纪末就译出来的。

面包夹香肠，英语作hot dog，中文倒没有叫"霍特多格"，而是老实意译，叫作"热狗"。依此推论，cold stone，冰淇淋，该叫作"冷石"，和热狗还真是一对，但现在官方译名却叫作酷圣石，不免让人替热狗鸣不平：大可以改叫"炽热狗"，听着也威风些。

唐朝的《酉阳杂俎》里头，已经提到过冰与奶制品混一的玩意儿，叫作"酪饮"。宋朝时，大家也习惯类似东西叫冰酪。但ice cream传入我国，译者就半音半义，来了个"冰淇淋"，其实cream既然跟奶油搭界，干吗不直接翻成"冰奶油"，或者古典些，直接叫"冰酪"呢？大概还是觉得"冰淇淋"更机灵好听吧。同理，Dairy Queen，直译该叫"奶品皇后"，但这一听，好像是要喂小孩子似的，一股子保姆感觉，官方译名"冰雪皇后"，立刻就冷艳清新，活泼动人起来。

法国有名的香槟酒即取产区香槟，原词是champagne。这词本身，其实没啥深文奥义。法语里，田地是champ，乡下人是campagne，所以champagne，按法语套路，是往"田乡下"语境走的。实际上，17世纪，法国有位宫廷画家，就叫作Jean Baptiste de Champaigne，通译让·巴普蒂斯特·德·尚佩涅。如果按音译，champagne该译作"尚巴涅"，那酒也就叫作"尚巴涅酒"，就不那么好听了。稍微想象下：生意成了，大家庆祝，"来来，来杯尚巴涅酒！"感觉总是哪儿哪儿不对；"某某F1车手得到了该站冠军，在领奖台上狂洒尚巴涅"，字眼一点儿都不好看。但把这地方及其酒，翻成了"香槟"，立刻意思味道，全出来了，完美的营销。比起可口可乐、雪碧这样的漂亮译名，还要胜出一筹。

老北京清真馆，有道菜叫"它似蜜"。唐鲁孙先生说，这玩意儿正牌做法是滑溜羊里脊丝。可是现在你找地方做这菜，还有些刻意做甜，大概觉得，让羊里脊甜，才能够"似蜜"，还有附会成慈禧命名之类。其实"它似蜜"和萨其马、勒特条这些满族小吃似的，全是外族话音译过来的。只是年深岁久，冷不丁一听，"甜不辣""它似蜜"，还真以为是汉语里本身就有的词、土生土长的食物。

给外来食物起名字，最常见的，是起得特别洋气，如此可以大抬价格，比如牛奶咖啡音译成拿铁或欧蕾。但更狡猾的法子，就是让你丝毫不觉突兀，润物无声，融入你生活，潜伏到你有一天一愣神，"什么，这玩意儿是外国来的？"比如，土豆又叫洋芋，地瓜又叫番薯。大家听惯，不觉什么，但细想来，洋者洋人也，番者番邦也——这俩货还真像洋芹洋烟、胡桃胡瓜一样，是外国来的。然而本土化得实在太好，以至于现在如果有男生对女孩子说："我给你备俩外国菜……一个烤地瓜，一个胡萝卜炒土豆丝，怎么样？"不挨耳光才怪。

春药的传说

　　中国古代传说里，春药的名声一直有些躲躲闪闪、阴森诡秘，而且带大量毒副作用。中国各类偏方医经方子里，轻易一翻，就是大堆怪药名字，常带合欢、男女、阴阳、惜福、慎乐之类字样，大多数功能，也是神神鬼鬼，远远看去都像野狐禅，透着古代版"祖传老军医，专业泌尿科"的味道。

　　赵飞燕的老公汉成帝，传说是服一种药叫慎恤胶。"慎恤"俩字，可见用心，简直可以想见方士或邪医颤颤巍巍抖抖索索，把这玩意儿递给天子的模样，俨然逆天而行泄露了天机，多半还附耳说"陛下不能吃太多，要慎，要恤，不然麻烦哪……"企图逃避医疗责任——当然，最后汉成帝还是服太多死掉了。

　　中国古典故事常有劝世之意，男女问题上尤其如此。所以经常会讲些金海陵纵欲亡身、贾瑞拿风月宝鉴看三级片结果活生生看死了的段子，企图警告年轻人修身养性。现在香港报纸还常有专栏，有医生疾言作色，说些吓死人的重口味故事——类似于麦兜妈妈那种"有个小孩他不听话，后来他死了"的逻辑——就为了末尾抖个包袱：一滴精十滴血，一滴血十碗饭啊少年们！

　　既然荒淫者多半横死，用春药的人逆常规，按情节当然要遭报应。《金瓶梅》里，西门庆去跟胡僧求了个春药方子，结果末了操作不当，死状甚是惨烈，这还罢了。《二刻拍案惊奇》里，有个甄监生去跟道士索了些药来吃，而且还不是一般吃，是"浪吞秘药"，吃多了出大事：和一个丫鬟正来劲呢，粘住了，长上了！我看这段，满心只有一个念头：凌先生啊，我理解你劝善的心，但把情色小说写出《异形》味来，您老这是要干吗？

　　话说，这似乎就是中国古往今来对春药的态度：神秘、邪淫、毒副作用。各类小说、笔记、逸事里，提到春药，一般剧情，是某男欲求不满，索要春药，软磨硬泡，和尚道士给了一丸，一定要劝"切莫乱用"，最后呢肯定是白嘱咐，男主角一定死在这上头——这和某士兵"我打完这仗就回老家结婚"然后死在战场上，其实是差不多的。总之，小说总要做一副劝世状：色即是空，年轻人可不能仗着身体健壮就撒欢儿折腾，善哉善哉……

妙在中国古方里，许多药很是望文生义。魏晋时著名的五石散，传说里妙用无穷，其中之一就是起性，白石英能利小便，石硫黄可以壮阳——这个听着，还有些道理。像许多炖煮的药方里，常见的如淫羊藿、蛇床子之类药，倒罢了；牛鞭狗鞭驴鞭，其实最多能补充点儿营养热量，说能助益纱帐，实在是以形补形的胡思乱想。传说陕西以前，驴鞭——有些地方也叫驴肾——很是珍贵，一个县官一年也吃不到个好驴肾。所以北京卖驴肾——又叫钱儿肉——的摊贩，非常低调，得使些黑话，才买得到手。你叫摊贩停住，说我要买驴肾，人家眼一翻，懒得理你；你得低声下气，说我要买钱儿肉，人家左顾右盼看无人注意，包袱底摸将出来一截，就势切给你。这切还有讲究：非得斜切了吃才成，不然坏了神通——这就有些巫医色彩了。

另一处好玩的是，甄监生和西门庆，一个求道一个求僧，折射出中国古代都相信：因为男欢女爱这勾当不是大太阳底下的事，所以春药这东西，正经医生不够霸道，出家人才暗藏着超凡脱俗的玩意儿，能助他们快乐无边。道家有些流派，自称男女交合修炼房中术，掰扯出许多术语，无非是利用姑娘身体做鼎炉，修炼自己那点子器官，细想来有点儿恶心。但居然获得了兜售秘药的专业人士资格，真是诡异得很。

非独中国人在这事上犯晕，一牵扯到下半身，全地球都很迷信。欧洲以前有人信死了牡蛎能壮阳，但理由不是我们想象的牡蛎含锌。希腊神话里，克洛诺斯把他爸爸天神乌拉诺斯的胯下那东西割了，掉进海里，化作爱神阿佛洛狄忒，脚踩牡蛎壳出水。所以吃着牡蛎，就等于吃了鲜嫩美丽的阿佛洛狄忒，还顺便让自己和乌拉诺斯一样雄伟，这其实也是望文生义，而且经不起实在细想。

　　欧洲人在下半身这事上发挥起想象力来，也很没边际。中世纪时崇奉东方香料，把肉桂、生姜们奉为至宝，价比黄金，开始是物以稀为贵。东西一稀少，人就爱幻想，把香料都想象得神通广大、上接神仙府第。按说胡椒之类，也就是温热，没有剧烈影响神经系统反应速度的功效，但温热能让人起性，加上安慰剂效应，也哄得动人。所以越传越神，到中世纪时，已经有大票的人相信：生姜、胡椒、桂皮等合成的汤剂，给男人喝可以壮阳；给姑娘两腿间抹上，能助双方快乐似神仙。1610年托马斯·道森在《夫妻食物精选》里大忽悠说，酒熬土豆，加红枣椰子、麻雀脑袋、玫瑰水、糖、桂皮、生姜、丁香、肉豆蔻皮和甜奶油，就是超级神秘春药——细看来，纯粹是欺负那时代资源短缺，能凑齐这些的人屈指可数，没法儿证伪。阿拉伯御医阿里伯·伊本·赛伯认定：生姜、胡椒、石榴花和鸡蛋等一堆东西，掺和了也能做春药。十一世纪学者阿勒加扎利说，天使加布里尔曾建议，肉粥拌胡椒能增强性能力。欧洲修士们居然信以为真，认为香料简直代表了阿拉伯人的荒淫无耻、声色犬马，理应禁绝，结果越禁越欢。到十八世纪，英国还有农妇相信，肚子上抹丁香能帮助怀孕，洞房前得喝牛奶蛋黄砂糖桂皮肉豆蔻酒，然后才能夫妻欢好、多子多孙。

所以呢，在直到十八世纪，无论中西，在春药方面都稀里糊涂。何止是春药，欧洲的医生遇到什么病都是张嘴放血，闭嘴烙铁，把奎宁当成万灵药，就跟梁羽生小说中的天山雪莲似的，能治百病解百毒。开药这个事，就是经验推敲，再加点儿浪漫想象。就这么糊涂的一群人，怎么能于今时今日，发明伟哥这东西，而且明明白白告诉你本品主要成分及化学名称呢？百度百科都查得到，说伟哥的化学式是1-［4-乙氧基-3-［5-（6，7-二氢-1-甲基-7-氧代-3-丙基-1H-吡唑并［4，3d］嘧啶）］苯磺酰］-4-甲基哌嗪枸橼酸盐，通用名是枸橼酸西地那非。维基百科还会告诉你："5型磷酸二酯酶（PDE5）是西地那非的作用靶点，磷酸二酯酶是NO-cGMP通路的负调节因子，它通过催化cGMP的分解而调低一氧化氮的作用，一般认为体内的一氧化氮是一个调节血管平滑肌扩张的因子，因而磷酸二酯酶作用的结果是促进血管平滑肌的收缩。"好吧，这春药有成分有说明，看着的确靠谱儿些……但一点儿都不浪漫嘛！

大概是拿破仑倒台那会儿，法国药剂师让·弗朗索瓦·德罗舍第一次从罂粟种子中得到了那可丁，从那之后，欧洲人开始知道：噢，可以不直接吃这些成分不明的花花草草、动物生殖器，而是吃里面提纯出来的玩意儿啊！然后就是吗啡、胡椒碱、咖啡因，一样样出来了。19世纪末了，公共卫生上了台阶，细菌学和免疫学站住了脚，欧洲的巫医和假药贩子眼看路数不对，也就不大好意思再招摇撞骗，每天举着放血和烙铁的招牌吓唬人了。

跑个题的话就是，世上的医药套路，实无地域之分，而只分上古医药和现代医药。春药亦然：上古时代，春药无分中西，都是糊里糊涂，所以其实也就只分现代春药和古代春药而已。古代春药的疗效虽然未必能保证，但其中有许多美丽的传说、无法验证的世界观，充满了想入非非的传奇，而且能望文生义地解释，让你心甘情愿去吃各类动物的鞭，弥补动物界没有blow job（口交）的遗憾，最后还很有安慰剂效应。你听说这个药是伏羲和女娲、唐明皇和杨贵妃、西门庆和潘金莲、咸丰皇帝和慈禧太后搞在一起的药，心里就会欲火熊熊，看见头母牛，都会觉得她虽然皮肤粗丑，但线条倒比以前顺眼多了……而现代春药，则是一系列死宅理工科认真的产物，只是跟数学公式似的，拿成分、元素、效果说话，坏处是，虽然吃了有疗效，但一点儿都不浪漫，完全没有什么天地融汇、阴阳相倚、君臣合欢的传奇。

所以吃西方春药，也就失去了以下乐趣。以后你如果听我口沫四溅跟你吹：

　　"我这春药，端的来头不小。你别看我姓张，其实我是华佗
七十八代玄孙。我祖爷爷当年用麻沸散的方子，去跟扁鹊的后代换
了这张春药秘方。这药方可不简单：是盘古女娲当年天地交泰传下
的方子，妲己拿来勾引纣王，姜太公看了怕扰乱乾坤，特意收藏下
来，埋在齐国，结果被齐姜发现了，用这个勾引了晋公子重耳——
这不是重耳在齐国留了好些年嘛！扁鹊也是给齐桓公治病，才偷到
了这方子，一直藏着，传给了我们华家。曹操为了夺这方子，还把
我祖爷爷给害死了！这方子后来，被孙思邈、李时珍都看过，孙思
邈背下来去献给了武则天，结果武则天就勾住了李治，到老来还能
跟薛敖曹、张易之寻欢作乐，了不得！后来这药从武则天传上官婉
儿和韦皇后，祸乱了六宫，还被杨玉环得了，幸亏她马嵬坡一死，
这才断了唐宫根基，只有我们民间这一脉了……其实说完全没泄
露，也不是真的，天杀的扁鹊那族为了逃难，去了西域，把这药传
扬出去好些。结果有个胡僧学了一半去，没调好就教给了西门庆，
这不西门庆就死了嘛！你说成吉思汗的老婆孛儿帖为什么被人抢走
过还生了孩子，依然能得成吉思汗的宠爱？为什么洪承畴那么条
汉子，会被大玉儿一两下就迷了心窍，降了清朝？都是因为那西
域胡僧，把我们这药方都弄过去了……我这药是人参、鹿茸、淫羊
藿、蛇床子、狗鞭、牛鞭、河马鞭、狮子鞭、非洲象鞭、犀牛鞭、
唐璜的鞭泡福尔马林、枸杞、冰糖、燕窝、甘草、红枣、当归、
熊胆、虎骨、奎宁、槟榔、罗望子、辣椒、香草、橄榄油、孜然、
大料、海参、鱼翅、火腿、砂糖、杏仁、咖啡、奶油、葡萄干、榛

子仁、核桃、胡椒、金粉、和田玉、蟠桃、人参果，在老君八卦炉里炮制了九九八十一天——天上一天人间一年所以是九九八十一年——才熬制出来的。吃了这药，包你欲火熊熊，一夜十八次；包你姑娘酥媚入骨，让男的干啥他干啥；包你们快活似神仙、驻容养颜，每晚一次增寿十年，每晚两次活到二十四世纪，每晚三次身轻如燕，每晚四次直接参加奥运会破世界纪录，每晚六次就可以平地成仙。这药卖你六块一盒够你吃一个月，两盒十块，五盒二十块，十盒一疗程三十块。你要是团购，我还可以给你打折，开正规餐饮发票，绝对可以报销。网购也行，你记不住我网店号可以微博私信我，你要是买多了我可以派车送货上门，你没电梯我都可以帮你搬到顶楼，你如果怕疗效不好，我还可以提供个姑娘让你试试效果……"

你就不会再垂涎三尺飘飘欲仙了，而是迎门一声怒喝："骗子，滚！！！"

冬天如何取暖

刘宝瑞先生有段单口相声定场诗，说两口子睡觉争热炕：

"老头儿要在炕里头睡，老婆死乞白赖偏不让。老头儿说是我捡的柴，老婆说这是我烧的炕。"为了争个炕，掏灰耙、擀面杖都出来，动了兵器了。虽然是玩笑话，细想来也不无道理。你说，当下大冬天，遇到热被子被踢掀开、酣睡被敲门声拽醒、房间里本来暖着却有人忽然开窗透风、大早上被铃声叫出被窝接电话结果发现打错了，哪件事不让人怒从心头起、恶向胆边生，想把对方扔进冰箱速冻层？

江南冬天极为难熬，一切都稀疏凋零。六只麻雀带着下棋老头儿似的神情在花圃边迈步，常绿植物像为了圆场而挂在嘴角的笑容一样摇摇欲坠。大红或大黑的鲜明色块在小径上来往挪动——这是冬天，女孩们来不及为衣服配颜色的季节。遛狗的人们为宠物配上了毛衣，老太太们怀抱着热水袋聊天，语声稀稀疏疏。没阳光时，天空像洇足了灰色颜料的吸水纸，不怕冷的孩子在院落外抛掷橘子。全世界都懒洋洋的，互相瞟一眼就可以作为彼此打招呼的方式。

在上海时，北方来的同学拥着被子一声声责备，仿佛南方冬天的冷，该由南方人负责：南方怎么冷成这个鬼样子，大雁往南飞就是遭这种活见鬼的罪吗？咱身体素质可是很好的，北方零下几十度都见过，可从没这么冷过。句与句的间隔夹带着牙齿的咯咯打战，就像张无忌中了玄冥神掌寒毒发作。

南方的冬天像细密周到、睚眦必报的小女人，不凶不躁，可是却无微不至、细腻温柔地冷着你。什么时候你忘了她，她就掐你一下提醒你这是冬天，掐得你一瑟缩。阴柔低回的曲子是不能听的，轻淡孤冷的字是不能看的，有小资倾向的电影更加不能看。南方的冬天不是冰天雪地，可以活埋旅行者培养北极熊，但足以折磨得身体不大强壮的人们求生不得，求死不能。就像邻居有人一整夜用瓷片刮锅，使你陷入漫长的失眠一样。

因为没暖气，所以只剩空调，空调又耗电，又干，又很寡淡，好像没放肉的汤、兑了水的酒、虚情假意的接吻，让人暖和不起来。最后只好往人多处凑。我上大学时，太冷了，只好一头扎进地铁站，坐在地铁站台上熬到午夜，回去睡觉，很绝望地等着天亮，湿毛巾都有被冻硬了的时候。

跟几个遍历南北的朋友讨论过冬天，每次的结论，一是暖气，二是湿度。朋友还说，北方冬天是干冷，裹紧以后就能扎暖和了，脸和手给风雪冻麻了，反而没感觉，夸张点儿的说东北荒野冻掉个人耳朵都没感觉。南方冬天是湿冷，水汽无孔不入，沁人心脾胃肠肝肾肺，关门锁窗、裹袄拥被，还是冷。我听北方人说起暖气房里如何脱到只剩汗衫，就一门心思地艳羡绝望。

宋朝有个将军唤作党进，有些版本的《杨家将》里有他，行伍出身，不识字，曾经对着太祖爷转文，劝圣上多安息吧。据说有一次，大冬天，围炉子喝热酒，太热了，全身大汗淋漓，叫嚷："这天气太热！忒不正！"守门的兵丁被穿堂风吹，冻死了，说："小人这里天气很正！"我每次读到这段，就觉得自己正被穿堂风吹，觉得"天气很正"。

话说回来，古代大多数人，都跟守门兵丁，或者老两口争炕一样，贪图一点儿暖和劲。古代人无暖气，没空调，比现今更难熬。故此历代书里都说民以食为天，又把饥寒两字并列，认为温饱最幸福。是故冬天取暖，真是性命攸关的大事。

　　取暖最容易的，莫过于跟火去借温。普通的老百姓靠火炉火塘，被烟呛已经算幸福的烦恼——比起穷人家没柴薪，起不了火，又高出万倍去了。贵族之家就享受得多。比如秦汉时，宫廷已经有壁炉和火墙。火墙的原理，略有些像如今的水暖气，想法子在墙里面通管道，把墙烘热乎了，染得室温也升高。唐朝时有所谓"到处熱红炉，周回下罗幂"，人在屋里坐着，周围一堆红炉，加罗幕围着。暖和倒是暖和，只是人也有些像挂炉烤鸭了。

　　还有些在墙上做文章的，又比火墙、壁炉高一筹。汉朝时节，有两处所在叫作"椒房殿"。一在长乐宫，一在未央宫。当然不是大红辣椒高高挂，好似乡下火锅馆，打算呛得后妃打喷嚏。那年头，辣椒还在南美洲，等着欧洲航海家的千年之约呢。夫椒房者，花椒和了泥，涂满墙壁。花椒温和，味道又好闻，在香料当宝的时代，乃是上等荣宠。现在后宫剧泛滥的时节，帝王后妃的旧典故都被翻将出来，会觉得"椒房之宠"煞是璀璨，其实细想来，倒是天子的一片细心：大冬天冷，房间里一墙温泥花椒，布置暖和些，比冷硬的金珠宝贝又实在多了。

　　帝王公侯就是善于在小处做文章，取暖要靠燃料烧火，也就分了等第。古书里许多大人物，少时都是樵采为业，说穿了就是砍柴，回来劈了做燃料。上等人家或宫廷，能直接焚香，又取暖又好闻，比如李清照所谓"瑞脑消金兽"，瑞脑者，鲸鱼身上提来的龙涎香也。杨贵妃兄弟杨国忠权倾朝野时，有个法子：炭屑和蜜一起捏成凤的造型，冬天拿白檀木铺在炉底，再烧这蜜凤，味道好，又少灰，且暖和。宫廷里还烧西凉国进贡的所谓"瑞炭"，无火焰，有光亮，尺来长一条，可以烧十天。普通老百姓压根儿没见过这个，最流行的，怕还是白居易诗里卖炭翁南山砍树烧成的炭。清朝宫廷在北京，冬天冷，薪火不绝，又怕起火有烟，呛到天子嫔妃。呛咳嗽了老佛爷，回头就会被乱棍打死，所以白天黑夜，只是烧无烟炭。妙在宫廷里还没厕所，于是炭灰积存了，用来解决方便问题——一如现在养猫的人用猫砂清理大小便。

可还是冷，怎么办？只好使手炉和脚炉。清朝时手炉已经是工艺品，轻便小巧，可以装袖子里，不重。《红楼梦》里，林黛玉风吹得倒，但袖里揣个手炉也没事，还曾经拿手炉调戏薛宝钗——薛宝钗刚劝贾宝玉别喝冷酒，林黛玉就嗔怪丫头特意给她送手炉来，指东打西地说："谁叫你送来的？难为他费心，那里就冷死了我？"

宋朝人冬天取暖，有些雅致的玩法。比如朱元晦拿些纸做的被子，寄给陆游盖，陆游认为纸被和布衾差不多，而且"白于狐腋软于绵"。但被子只御寒，不生暖，就得靠暖壶，即是如今所谓"汤婆子"。

黄庭坚写过诗，说买个汤婆子，不用喂饭伺候，舒服得很，天亮时还能拿热水洗脸哩——我外婆就反对这样，大概觉得水都闷了一晚上，坏了，有死气，洗不得脸。黄庭坚又认为，如果真叫个姑娘给暖脚，人会心猿意马，所以还是汤婆子好。

　　其实用得起姑娘暖脚的，还担心喂饭和心猿意马的事吗？唐玄宗的兄弟申王，冬天怕冷，经常让宫妓围着他站一圈，用来御寒，叫作"妓围"。这一围大有道理：从物理角度说，唐朝宫廷女子多壮硕，人体又自有温度，人肉屏风围定了，很是暖和。从精神角度来说，一大群美女围着，很容易暖体活血、心跳如鹿。真是精神物质双丰收的取暖手段。最后一点尤其重要。不信的话，换男人来围，感觉就不那么香艳了。传说成吉思汗出征时缺木炭，又逢下雨，大将木华黎、者勒蔑就彻夜站立，围将起来，为大汗挡风取暖。听着是很感人，但是蒙古豪杰皮糙肉厚、剽悍勇健，视觉上就没有申王爷眼里莺莺燕燕、满是胖姑娘那么幸福了。

　　所以武侠小说（比如古龙《剑玄录》）或电视剧（比如老版《雪山飞狐》）里，偶尔还是会有男（或女）主角中了寒毒快死了，姑娘家（或大老爷们）解衣入怀，抱着对方给暖身子，之后就成其好事的镜头。对异性恋群体来说，取暖的终极形态，终究是美丽异性与爱情。毕竟外头再怎么暖和，都抵不过心猿意马、心思活络、心跳如鹿、心生邪念这些内心热源。不信你去看宋词里有关男女欢好的题材，总离不开"暖""滑""香融""香汗""芳""春""锦幄""温"这些字样——黄庭坚也是吃不着葡萄，只好抱着汤婆子说姑娘是酸的吧。

洗手间小历史

　　屋大维要和安东尼抢欧洲霸主，于是招呼罗马诸位御用文人，先营造舆论攻势。文人们无非说安东尼骄奢淫逸，和埃及艳后克娄帕特拉声色犬马云云。其中一位讽刺诗人，叫作马蒂亚的，找了这么个理由：安东尼这厮坏透啦，马桶都只用纯金的，"他用在排泄上所花的钱，比我一年吃饱肚子的都多！"

　　话说得有些恶心，但角度却很新颖。衣食住行自是人身大事，但吃喝拉撒却是最家常不过。罗马人爱吃爱喝，也得上洗手间。罗马帝国时期，公共设施出名地多，对这类细节，自然不能小看。罗马时的富裕居民，已经有钱带便携式马桶了。走在街上，觉得不好，就地解决；当然解决完了，不能自己拎着，得归仆人管。至于仆人如何被熏得满脸发皱，主人就不管啦。穷人买不起这等器皿，就奔公共厕所。罗马公共浴池最有名，大家在那里冷水热水，蒸汽按摩，完了还要谈天说地，当然少不了厕所。可恨有些人没教养，看见浴池都以为是厕所，随意大小便。所以那会儿有个警告："任何在浴池随地排泄者，都会受到十二位神祇的惩罚，会受到狄安娜和体力无比的朱庇特的报复！"——为了禁个滥上洗手间，神灵都出来了。

中世纪欧洲多堡垒，设计粗笨，但也得过日子。法国南部接近西班牙的一些所在，堡垒布局常是城楼子之间筑墙，厕所安在城楼子里。你走进去，看见一条宽缝，人往那里一蹲，就地解决问题。可怕的是那宽缝，直通地表，高者有数十米。你蹲着厕所呢，脚一滑就下去了，颈部不骨折才怪。英国著名的伦敦塔，最初也有类似设计，而且很是精美：厕坑连通隧道，可以直滑城外壕沟。英国有位先生叫劳伦斯·莱特，对此说了句俏皮话：伦敦塔的壕沟经过这么一处理，防御外敌能力一定特别强！

1270年，巴黎有过条法令，可见当时的风貌："任何人不可在阳台上泼洒马桶，违者罚款。"你可以想象这法令颁布前，巴黎那窄街暗巷，是如何的雨雪缤纷。法令有效吗？似乎不然。一个世纪后，巴黎政府再颁一条法令，口气软得多了："任何人在倾洒马桶前，须大喊三声'注意水！'"你看，禁不住了，只好改事先提醒，省得挨淋了。

法国国王们派头比较大，弗朗索瓦一世陛下设了个职位，直译该是"门窗事务"，侍者有资格在宫廷里配剑，薪资不菲，还能每天跟国王见面。但往实在了说就不好听了：就是给国王摆弄马桶的。国王有专门马桶使了，王后怎能怠慢？其子亨利二世的王后凯瑟琳·美第奇在佛罗伦萨时过惯了好日子，不能容忍亲自解决马桶问题，勒令国王也给她设个使女。她老人家仗着裙子长，又有侍女照管，经常在马桶上面盖个紫罗兰色绒垫，就坐着跟诸位夫人议事。等她老公死了，为了当好一个寡妇，就把马桶垫改成了黑的。路易十四既然觉得自己是太阳王，人人敬仰，连自己的屁股都是神圣的，所以格外提过要求：他老人家要上厕所时，贵族们不必回避，而该坐围一圈，大家眼睁睁看国王陛下方便。

日本江户幕府时，将军所居的大奥里，则有这么个怪习俗。将军的夫人，也就是所谓御台所大人，是有侍女的。最贴身的侍女，平时干活只能用左手，留着右手，以便服务至高无上、清洁无垢的御台所大人。怎么服务呢？答：御台所大人内急，要上洗手间时，侍女就使右手解决一切——从开始给御台所大人掀起衣服，到结束时给御台所大人扎好衣带，都是侍女解决。御台所大人手脚不动，任人处置——当然也不能全怪御台所：衣服太厚重啦，动弹不得。御台所大人的厕所，当然也是独一无二的。每位御台所侍奉将军时，都得为她专门挖个极深的坑，够她老人家一辈子用的，等用得差不多了，用土填埋了事，再换一个坑使用。

中国文明博大精深，厕所文化自然不遑多让，而且豪奢处很让人惊诧。晋时石崇要显富贵，厕所里都布置得富丽堂皇。刘寔来拜，绕晕了，不小心见了厕所，大惊，"误进您卧室啦抱歉。"石崇一摆手："厕所嘛！"王敦初娶公主，不晓得宫廷里的套路，上着厕所呢，看见婢女端漆箱来装枣子，端金盆装水，以为让他吃喝呢，张嘴就来，结果枣子是拿来塞鼻的，水是拿来洗手的，徒惹了笑话。又世传慈禧用着一个檀香木做的便桶，外头雕成个大壁虎，提手都是个螭虎状。大壁虎肚里都是香木细末，要求干松蓬蓬着，以求消声除味。每次老佛爷要行事，自然是前呼后拥，下铺油布，旁递手纸，焚香静默，就差集体磕头，恭祝老佛爷顺利成功、万寿无疆了。当然话说回来，檀香木做便桶，既贵重又不显形，还算得益。

后蜀君主孟昶有个玩意儿，叫作七宝溺器。后蜀亡国，宋太祖赵匡胤见了这东西，借题发挥：溺器都这么做，天晓得他拿什么东西装吃的！于是当众摔碎，也算立了好榜样。妙在孟昶的宝贝马桶被砸了，美丽的花蕊夫人却被赵匡胤享用了。这说明宋太祖很实际：溺器再好看，终究上厕所用的，摔了还能做做贤君姿态；佳人却是难再得，那可是万万摔不得的。

头上的毛

　　军队干部鲁达打死了服务态度良好的卖肉个体户郑大官人，走投无路，只好出家。五台山智真长老高瞻远瞩，已被施耐庵剧透过鲁达将来成正果的结局，亲自给他剃度，不只是头发，胡须也要剃的。曰："寸草不留，六根清静；与汝剃了，免得争竞。"只一刀，逃犯鲁达成了僧人鲁智深。阿弥陀佛，善哉善哉。

　　光头有许多好处。车迟国唐僧和对面的大仙比坐禅，被人家作法，脖子上变出个臭虫来。帮师父除完虫后，柯南·悟空·孙迅速推理：师父一个光头，怎么会长臭虫？不消问，定是那道人使怪！他为了给唐御弟出气，变只蜈蚣，去咬对面道人的嘴。这说明了光头的大好处：不长虫子。哪怕长虫子，也是秃子头上的虱子，明摆着。至于非光头的坏处，多得要命。三千烦恼丝是也。

日本战国小说有个常见词：某某大名或家臣"元服"了，是喜事。这词是汉语里借去的。郑玄说过，元者首也——按此说，希特勒身为德国元首，也可以叫作德国首首或德国元元。"你见过元元吗？""大胆，我是盖世太保，你把你刚才说的重复一遍！"——"元服"，中国古书里也有，元者头也，服者衣也，就是头上戴的玩意儿。行元服之礼，就是所谓冠礼。孔子所谓二十而冠，就是说，二十岁开始戴冠了，是成年人了。

因为身体发肤受之父母，冠礼之前，头发得垂着。《桃花源记》，"黄发垂髫并怡然自乐"，就是说老头儿正太们和乐融洽。也有少年时就放克爆炸头的，"蓬头稚子学垂纶，侧坐莓苔草映身"。头发垂长了麻烦，扎俩鬏髻，就是总角。男女从小有感情叫青梅竹马，青梅竹马的男男版就是总角之交。

二十岁戴冠了，头发得结起来，曰结发，曰束发。江郎才尽的那位江郎给李都尉写诗："而我在万里，结发不相见。袖中有短书，愿寄双飞燕。"听来情怀很暧昧。李广请战，为了显示自己资历老，说"结发而与匈奴战"。头发不能随便披散开，因为披头散发不是正人君子样，孔子说没有管仲的话，大家都要被蛮族统治，披发左衽矣。披头散发很不正统。所以《天龙八部》2003版电视剧里，逍遥派要全体弄一头离子烫长发披肩根根飘逸，显得格外不羁，跟太平军一样披着。又或者李白撒娇，觉得人生不称意，明天我要散着头发坐船去了——"明朝散发弄扁舟"。

头发不能轻易散，也不能轻易剃。越国人断发文身，被北方人觉得好勇斗狠，不文明。头发得留着，体毛茂盛者因此很头疼。汉元帝额头上有壮发，颜师古注说："壮发当额前侵下而生，今俗呼为圭头者是也。"——额头上长头发就叫"圭头"（注意这读音），所以要"加巾帻"来遮盖自己的圭头。当然，巾帻戴多了也很有用。《三国演义》里，孙坚戴这个，被华雄追着砍，于是把赤帻给祖茂，自己金蝉脱壳了——和曹操潼关割须弃袍一个道理。顺便，孙坚弃赤帻，曹操弃红袍。他俩难道都是在被公牛追吗？

古代非平民，常不戴冠，但要留全发，戴巾帻、陌头、角巾、周郎的纶巾。上古时代，有些巾是两用的。戴上去就缠头，解下来就洗手擦脸，现在农村里老伯伯依然很豪迈，夏天手帕罩头，流了汗一手帕往脸上擦去。有些巾就只枉当个虚名，实际上是冠的一种，比如诸葛巾就没有擦脸的用途——不然诸葛亮南征泸水，一嫌热，顺手把头上纶巾扯下来擦汗，身旁关兴、张苞满脸晦气："丞相请自重啊……"

吕布和贾宝玉虽然是猛男和非猛男的两极，但有一样很像，都戴"束发紫金冠"。《红楼梦》《三国演义》电视剧里演示过他二位戴冠摘冠的镜头。头上打一髻子，冠戴上，簪或笄（都是一个东西）横插，两边丝络在下巴上一结一勒。丝络者缨也，簪和缨是冠的必要部分，所以指代冠，然后也指代戴冠的贵人。朱敦儒词曰："中原乱，簪缨散，几时收？试倩悲风吹泪，过扬州！"就是说中原挨了金宋战乱，戴冠的诸位达官贵人都倒了大霉。淳于髡曾经"仰天大笑，冠缨索绝"，说明此人笑起来腮帮子活动范围极大，一笑起来脑袋直径会大幅度增长。《红楼梦》电视剧版里，贾珍色眯眯地去摸秦可卿，就是把人家姑娘簪子给摘了，准备让伊披头散发，看上去甚是淫亵。

淳于髡这个髡字，很不吉利。楚狂士接舆去唱衰孔子："凤兮凤兮，何德之衰？"屈原说这人很奇怪，证据就是"接舆髡首兮，桑扈裸行"。接舆先生剃自己的头，外人看来和裸奔是一路货。髡完脑袋的都算奴隶，曰苍头。战国时还派去打仗，汉朝之后就变家用奴隶了。现在老有人怀疑陈寿写《三国志》时抹黑诸葛亮，就是因为陈寿的爸爸被诸葛亮施过髡刑，所以推断陈寿小时候一定很受刺激，每天被小孩指着鼻子："丞相让你爸爸裸奔，哈哈哈哈哈！！"

头发少很麻烦。杜甫"白头搔更短，浑欲不胜簪"。簪都簪不起来了，得续假发。莫言《檀香刑》里写男人头发稀少，打不起辫

子时，得加好多黑线，虚假繁荣。古代假发叫髲。陶侃的妈妈为了
给他撑面子，卖过假发："侃母湛氏语侃曰：'汝但出外留客，吾
自为计。'湛头发委地，下为二髲，卖得数斛米。"这个创意后来
被欧·亨利拿去，写了《麦琪的礼物》。一般头发做不了髲，得黑
又亮，瀑布一样。张丽华发长七尺，光可鉴人。头发越长，油光闪
亮的代价越大。所以《红楼梦》有"女儿愁，无钱去打桂花油"。

　　假头发用到登峰造极的是袁紫衣。一个尼姑，仗假头发成了
《飞狐外传》女主角。摘了胡斐的心，苦死了程灵素，临了摘了假
发就撇清了。人品不好。

　　名门贵胄用金步摇之类簪子首饰，那是另一门学问了，不涉。
温庭筠"小山重叠金明灭"，传说可以解释为许多金梳子明暗参差
（好了，《麦琪的礼物》里也有这个……）。穷人家用荆钗，然后
一般就假装谦虚"拙荆貌丑"，然后人家极口赞扬，休得谦虚，明
明是"布衣荆钗，不掩天香国色"。比"布衣荆钗"还要乱的就是
"粗服乱头，不掩国色"，王国维说李后主词的。

　　说胡子。
　　唇上为髭。两腮为髯。关羽美髯，故诸葛亮书信里直接称之为
"髯"。《三国演义》牛皮吹大了，说天子赐他一锦囊护髯用。我
要是路上看见谁胡子上包一囊，不笑死才怪。
　　孙权紫髯是史册所载，可以判断基因变异或者血统怪异。评书

里由此夸张，爱把所有胡子染颜色，比如程咬金就被说成是蓝靛脸红胡子。《说唐》里蓝胡子灰胡子黄胡子红胡子紫胡子一应俱全，跟彩虹糖一样。通常，可以按胡子判断人物。比如：

八字胡：猥琐流老反派专用。

细髯长眼：奸雄，比如曹操。

络腮胡：性格豪迈大叔。

燕颔虎须：这个一般还"亚赛钢针，根根见肉"，黑脸专用，张飞及其化身尤其无法免俗。奇怪的是林冲书里也是这模样。

三绺长须：英俊睿智白面大叔专用，偏文。比如什么徐懋功啊，苗光义啊，都是半仙、牛鼻子老道、山人掐指一算计上心来。

五绺长须：英俊风流白面大叔专用，偏武。比如杨六郎、岳飞……和岳不群。

红胡子、蓝胡子、紫胡子等：异族人或樱木花道级别智商大叔专用。

暴长胡楂很吓人。鲁智深剃度后过了一段，暴长胡楂，下山打铁，那打铁的"先有五分怕他"。

长了胡子很麻烦。比如张无忌练九阳神功五年，没地方刮胡子，一脸长须，殷离看他邋遢丑陋，不知道岁数，就敢随便跟他打闹。后来帮他把胡子一刮，就黯然神伤："原来你这么好看！"没胡子也很麻烦。刘备没胡子，被张裕嘲骂，说他他光下巴，简直像露着屁股。岳不群露马脚，也是因为不断掉胡子，被夫人发现了。如是，贾政边预备打贾宝玉，一边大吼"我免不得做个罪人，把这几根烦恼鬓毛剃去，寻个干净去处自了"。

关于保养胡子，评书里有个最夸张的说法。说魏文通、李成业几位反派，都爱胡子。怎么个爱法？胡子平时都用茶水泡养着，用锦囊裹着，掉一根，三天吃饭不香——当然，渲染这些，是为了把反派的胡子三两把都拔干净，让大家拍手称快，让反派徒呼奈何。

头上多毛，如此麻烦，所以还是智真长老说得好："与汝剃了，免得争竞。"直接用老年代的"水热刀快"四字招牌，把各类毛都剃干净了，就没有簪、缨、冠、巾、圭头（这倒霉读音）、钗、桂花油、茶水、纱囊、梳子、帽子、洗发水、护发素、黑亮护理、发型、VIP卡、包月优惠、发胶、杀马特这些事了。此举在古代且自不提，在现代，最直接的影响是：发廊业可能就此消失。然后，由于众所周知的原因，从此洗脚业将代替发廊业，成为我国服务业的龙头老大。

有个很矛盾的事是这样的：

李靖、虬髯客、红拂世称风尘三侠。虬髯者，弯胡子也，说明这大叔胡子是泡面那样弯曲曲的。有诗所谓"虬髯戟张目怒视，当前猛见红拂妓"，戟是直的，弯的那叫蛇矛。这诗意思是：弯胡子猛地绷直，眼睛怒视——有点儿怒发冲冠、头发上指的意思。就是说，虬髯戟张，就是"弯胡子绷直了"，这是个突发状态。

可是，金庸和梁羽生二位，写胡一刀、胡斐、尉迟炯的日常容貌，都是"神情粗豪，虬髯戟张"。问题是虬髯弯，戟张直，虬髯是常规状态，戟张是突发状况。一个人如果胡子是弯的，是虬髯，就不可能随时戟张；如果胡子是随时笔直的，就不是虬髯。可这二位写字，总是让大家随时随地虬髯戟张着，只能理解为：好汉们体毛充沛，而且经常怒目横眉高度紧绷，于是胡子时弯时直，就跟含羞草一样。

背带裤

　　村上春树有个短篇小说，叫作《背带短裤》，大略是说有个女性，为家庭操劳多年，与丈夫虽有龃龉但一直忍着，直到老来，去德国旅游一趟，想买德国式背带短裤给丈夫，店里老板保持德国人的严谨，说人没到现场不能卖——除非找个和她丈夫身材类似的男子来。女主角答应了，路上找了个身材肖似其夫的德国人来试衣服……试完衣服后，她已经下决心要离婚了。这是村上春树寓意最微妙的小说之一，你可以猜说是该女性在此过程中发现了自己多年以来久积的委屈，或对丈夫深藏的厌恶云云，但这里的确有些小尴尬：背带短裤，德国……这两个词怎么就划到一起了呢？

　　广义的背带裤——即裤子靠各类背带，或交叉，或平行，总之搭着肩来固定——古已有之，十七世纪欧洲人穿衣服，经常是下裤子，上衬衣，裤子上两条背带勒住衬衣肩膀，就免腰带了。之后慢慢有种穿法开始流行，即：裤子加前衣襟后背，直覆到胸，对男人来说，这就是件连衣搭背大裤子了。这玩意流行于十八世纪的德国，美国管这个叫overall，顾名思义，"全包着"；在英国叫dungaree，这词更偏，是打印度来的：在印度语里，dungri这个读音代指的词意为印布棉花所制的衣服，英国人常年在印度殖民，逼印度人说英语，自己也不小心引了些词汇在里头。所以可以说，背带裤在英美语境里，最早就这俩意思：印花粗棉布所制的、全包着的衣服。

众所周知，印花粗棉布在全世界范围内推广开，是英国人殖民、工业革命期间的事。那时间，世上的农民正纷纷转为工人，大家都需要正经的劳动服装。美国刚独立那些年，南部多是黑人种植棉花田，就是《乱世佳人》里的景象。奴仆要下厨做饭，怕沾脏身子；农民要弯腰耕作，怕弄脏裤子；工人要干各类摩摩擦擦跌跌撞撞的事情，需要身结实耐磨的行头，于是就有了背带裤：前襟拉高，肩上挂带固定，这就能遮盖下半身及上半身的大部分了，不怕脏，不怕磨，妙哉。十九世纪时，美国南部和中西部，如果你穿着背带裤出门，大家都知道你是有饭碗的：也许是农民，也许是铁道工人，总而言之，你穿着背带裤，就意味着劳动光荣！——而且，你说不定还是一画家。十九世纪末，真有画家穿背带裤作画的，那时报纸连载小说，经常描写某画家又把胸口背带裤染得一团乱色，满手都是松节油，当作身份标签。甚至，英国还用这个做军装，供给士兵们穿。看着不算体面，但方便啊！

十九世纪末，背带裤也有了很正经的款式。油漆工人粉刷匠，铁轨员工车把式，都穿这身。体面一些的工人，还会有固定的一件衬衣加一条胸前交叉宽脚背带裤，再戴上平眉帽，这就是十九世纪末二十世纪初工人的招牌装束了。如今你去看卓别林电影或《米老鼠与唐老鸭》，美国工业大发展时代大家都这么打扮。二十世纪初，美国某些州都下令了：为了保护机械工人不受伤，老板得为他们掏钱置办背带裤！——反正那年头，因为淘金热，帆布产量极大，老板们也乐得慷慨，买大堆廉价帆布和亚麻布，制作背带裤给工人穿。一战期间，英国女工们日夜操劳，很累，跟上头交涉，上头就发给她们背带裤作为标准配备。如今看来很滑稽：女孩子穿背带裤，跟爷们儿似的，好看吗？但对那时的英国女工来说挺棒的：再叼个烟卷，上班间隙吹几句，她们就达成男女平等了！

二十世纪二十年代，背带裤作为工装裤基本通行地球，那时工人阶级还自觉不错，工作之余双手插在口袋里——那时背带裤多设口袋，开始是为了方便工人装零件，后来就为摆酷了——亮亮肌肉，可比那些脑满肠肥的大亨有派头。当然，那时美国中西部有些大汉，不着衬衫，全身上下只穿条背带裤，就被淑女们认为粗野没教养，但他们自得其乐：松快舒畅，最难得。

倒是家长们看着背带裤，动起了脑筋。小孩儿娇贵，需要保护；小孩儿顽皮，经常跌跤蹭摔；小孩儿要发育，不好把些琐碎的腰带去缠他们的细腰。所以二十世纪三十年代，你常见到一些小家伙的照片：一脸心不甘情不愿，裹着一大身背带裤，穿着小衬衣，偶尔还添个小领结。这衣服，又结实又松快，也不会轻易蹭坏，给小孩儿穿正合适。

和牛仔裤一样，背带裤经历了一个短暂但坚实的逆袭过程。一代孩子们穿着背带裤长大了，工人们习惯背带裤了，社会各阶层都不觉得穿背带裤有什么大问题。当然啦，这玩意儿的确很蓝领阶级，但确实穿着还挺自在。二十世纪中期，美国人开始接受了这一习惯：重要场合，他们还是要穿正装，但日常行动，穿牛仔裤或背带裤，自在多了。

六十年代，奇妙的潮流：那时节，全世界到处风起云涌，大学生闹革命，年轻人当嬉皮士，大家都厌倦浮华繁复，追求简单直接。性解放、草根革命，每个人都希望做点儿叛逆的勾当。最朴实最真诚的是什么人呢？那些喝烈酒抽劣烟、每天流汗卖劳力、一身腱子肉的工人师傅。如何跟他们一样回归自然、对抗威权呢？穿背带裤！

所以如果说，二十世纪前半段，背带裤还经常是细背带加白衬衣，供少爷们在这装束外面罩背心和外套的话，二十世纪后半段，高衣襟大包桶蓝帆布的背带工装裤开始统治潮流。人人都想摆工人姿态，男生希望借背带工装裤显示自己不是象牙塔里的笨蛋，很懂社会；女孩则觉得背带裤可以显得自己独立干练自主，不再是声色靡靡的小姑娘。二十世纪六七十年代，是背带裤最风光的岁月。背带裤成了一种标签，并且从此半永恒地建立了自己的声威。至于背带裤那时在美国和德国同步受欢迎，简直再自然不过了：这两国都是工人大量充溢，人人都能随时抄起家伙敲敲房子修修电灯。穿背带裤随时变身工人，在他们而言再自然不过了。

实际上，如上所述，德国人的背带短裤，历史还真悠久，又不同于美国、英国的传统背带裤。德国和荷兰一样，在欧洲属于北方，手工业者较多，所以素来缺乏意大利和法国式的慵懒华丽娇媚，更多干练素朴。十八世纪时，他们这背带裤就闻名于巴伐利亚，有名到法国人都管背带短裤叫"巴伐利亚"。当然，十九世纪，德国人对背带短裤的热爱也下滑了一把，理由嘛，还是嫌穿这个就像农民，没文化，不适合现代城市居民。但十九世纪后半叶，几乎和美国流行背带裤同时，德国人又捡回了对背带短裤的热爱，理由也几乎如出一辙：这玩意儿既能当工装裤，还休闲自在！至于时装风格没文化什么的，先一边放着吧。至今德国境内各类啤酒节，穿背带裤都还是个保留节目呢。

从二十世纪最后十年开始，背带裤再次被时尚界看上，原因和六十年代那波风潮有类似处：背带裤这会儿带有无数象征意味了，包括独立、干练、工人阶级、自在、轻松、休闲、无拘束、蓝领、半制服。所以穿背带裤潇洒不羁，甚至还有女模特特意穿背带裤，借这种女工人独立范儿来显性感，其实也算一种制服诱惑。成年姑娘穿这个再戴副眼镜，还能卖萌扮高中女生。越宽松的背带裤，越容易掩饰身材，显青春秀可爱，是假小子们的不二良方。当然，最有用的还是给孕妇们穿，以便让她们行动自如，还不伤着宝宝。同样的，男人穿背带裤，在如今又有新一番暗示。这是个白领眼镜男人遍地跑的时代，穿背带裤的男人则大多能显出一派淳朴又健美的风骨，就像《查泰莱夫人的情人》里那位草根男主角一样，能撩拨得贵妇人心里纷乱。基本上，这个时代，男人只要穿上背带裤，就基本暗示着你体力过人，雄性激素过剩——你或者是滑冰的、开摩托车的，或者是卖体力的工人，或者是穿着防弹衣的勇士。无论哪一条，都带着刺激的性感。至于十九世纪被视为没教养的光膀子穿背带裤，在这时代更干脆成了各类美男/女拍封面照抖性感的杀手锏。说到底，一切民间的、草根的、荷尔蒙味的东西，最后总会想点儿办法逆袭回来的。

香水的传说

　　香水界有个小神话，说法国香水之所以雄霸欧洲，是因为巴黎格外脏和臭。事情倒是真的：1270年，巴黎有过条法令，可见当时的风貌："任何人不可在阳台上泼洒马桶，违者罚款。"你可以想象这法令颁布前，巴黎那窄街暗巷，是如何的雨雪缤纷。一个世纪后，巴黎政府再颁一条法令，口气软得多了："任何人在倾洒马桶前，须大喊三声'注意水！'"——你看，禁不住了，只好改事先提醒，省得挨淋了。又传路易十四一辈子就洗过那么三两回澡，其臭可以想象，所以得用香水遮羞……但这些故事，忽略了一点：论到古代，大家都不干净。伦敦塔里，贵族上厕所都直接流到塔外沟渠；古罗马公民，还在公共浴室里随地乱来，导致二世纪前后，浴室里特意刻了警告，请神灵来吓唬人："任何在浴池随地排泄者，都会受到十二位神祇的惩罚，会受到狄安娜和体力无比的朱庇特的报复！"——换句话说，古代世界，大家都臭烘烘的，特别需要香味。这不，汉朝的时候，官员还要口含丁香，以免熏着天子呢，怎么单就法国人琢磨通透了呢？

事实是，香水这玩意儿古已有之。英语叫perfume，法语叫parfum，语源是拉丁语，par fumum，"穿过烟雾"。这玩意儿最初非欧洲人专利，实乃东方产物。一般学者承认，史上最早香水，来自塞浦路斯岛，也就是莎士比亚名剧《奥赛罗》发生的那地方。虽在地中海东，如今算欧洲地界，但南临埃及，东望波斯和美索不达米亚平原，在公元前波斯和希腊隔着爱琴海打架那会儿，真还算是东方。

香水初现，是人感官的需求。人好逸恶劳、喜新厌旧、爱香憎臭，乃是天性。在古代世界，卫生不彰，臭的东西多，香的东西少，所以香料格外招人爱。金庸《书剑恩仇录》里，香香公主吃花，身上自带香味，纯出想象，但人类最初制香，确实是打花上来的。公元前，美索不达米亚平原的人们，就晓得拿油去浸花，浸到后来，油中便带花香：这是最土法的香油了。罗马和平时期，流行豪奢享受，大家吃饱了饭，还要到后院去吐，以便继续吃。这时候，东方来的土法香油，当然也得派上用场：把香油洒在小鸟羽毛上，放小鸟满厅堂飞舞，于是满室香氛流动。听着很科幻，但确是那时的喜好。

中世纪前期西欧割据纷乱时节，阿拉伯人对香水的发展起了很大推动作用。一来阿拉伯人占领的地界，从北非、地中海东岸到中东，恰好香料植物遍布，不愁取材；二来阿拉伯人聪明，善动脑子；三来那会儿阿拉伯人和基督徒，都相信香料是大宝贝——基督徒觉得香料代表着天堂，阿拉伯人则相信香味是上天的启示，吃胡椒拌肉粥可以壮阳，通过熏香能跟神灵沟通。波斯湾一带，至今有些地方的居民仍然相信：只要把乳香一烧，念念经文，就能跟真主聊天。所以九世纪时，阿拉伯人已经总结出百来种制香方子，其玩法依然是从植物和动物身上萃取，然后以试剂固定其香味——说难听点儿，就还是一堆液体，里面漂浮些植物残骸。

伟大的伊本·西拿先生，阿拉伯史上著名的哲学家、医学家、自然科学家，在公元1000年后不久，给世界带来了礼物。众所周知，阿拉伯人完善了蒸馏酒技术，使欧洲人民有了烈酒喝，但在此之前几百年，西那先生就发现了：他可以用蒸馏技术，从花朵里蒸出香味精华来。他老人家身体力行，蒸出了玫瑰花味的香水。这是个划时代的创举：打这以后，贵人们再也不用把植物叶子连油抹得一头一脸，而是可以优雅从容，把提炼萃取的香水往身上洒了。

欧洲人对这事，还是后知后觉。一般认为，得到了1221年，他们才晓得香水这玩意儿，还亏了十字军东征，到东方见了世面。那会儿香水稀罕，到十四世纪了，匈牙利人都制出了"匈牙利水"——也就是通过蒸馏，用酒精固定了多香味混合的混香水——法国人都还不晓得这是何物呢。

这里不免要提一句伟大的凯瑟琳·德·美第奇奶奶了。众所周知，美第奇是佛罗伦萨大豪族美第奇家的闺女，教皇的侄女，嫁给了法国国王亨利二世。那时节，佛罗伦萨是欧洲的鲜花，米开朗琪罗、拉斐尔、切里尼们在那里开花结果，散播文艺复兴的艺术种子，而法国还是个刚打赢了百年战争不久的土包子地方。美第奇阿姨去马赛大婚时，带去了无数法国人没见过的稀罕玩意儿：比如东罗马流传过来的雕塑，比如冰淇淋，比如香水。

打那时候开始，香水这东西，才真正从法国宫廷，向民间散布开去。十七世纪，法国大盛，路易十四让假发、高跟鞋、天鹅绒袍子和香水一起热闹开来。到十八世纪，香水这产业，才在欧洲大肆铺开。本来嘛，这是阿拉伯人的勾当，基督徒显然不该太配合，但那时西欧诸位，都很懂得变通。当年教皇一喝阿拉伯过来的咖啡，觉得美味，就嚷一句"这么好的饮料，怎么能允许阿拉伯人独占亵渎呢"，从此基督教世界喝咖啡合法。基督徒们对香水，也持类似的意见，香味是天堂的味道，是上帝所赐，我们要细加呵护才是啊！

十八世纪，以意大利和法国为首，全欧洲都展开了如火如荼的制香运动。薰衣草、鼠尾草、玫瑰、茉莉花之类植物，被一一分检萃取。麝香可以保存长久，雄麝们于是难逃猎人魔爪。欧洲航海家们，那时已经把触角远远地伸到了东南亚香料群岛，发现东南亚是个香料宝库，那还有什么客气的？于是在印尼，多了这么个行业：丁香花蕾完全成熟前，欧洲资本家雇当地人，集中采摘，人们爬到树端，使棍子打丁香花蕾，落英满地，收进网中，晒，等晒黑晒硬，形如钉子了，就收——实际上，丁香的拉丁文clavus，也就是钉子的意思。又比如，肉豆蔻长出橘黄果实时，用长杆打落，晒到干爆，变成灰棕色，就可以提炼了——这一系列东方来的香料，被萃取后，就是所谓东方香型，有异域风情。

最传奇也是最让人想不到的是：香水业发展，让海里的鲸鱼倒了大霉。原来抹香鲸肠子里有分泌物，干燥后成浅黑色，仿佛琥珀，质感如蜡，有香味，就是龙涎香。这东西不仅自己有香味，而且可以做香水的定香剂。当然，抹香鲸会把龙涎香上吐下泻，排出体外，但你总不能驾艘船在抹香鲸身后当跟屁虫，专门拣人家的排泄物吧？十九世纪，捕鲸船把龙涎香当成了头号目标：捕到了大鲸，肉可能随便吃了或扔了，脑子用来熬油，而龙涎香却是大宝贝，细心收好，上岸换钱。

当然啦，在欧洲范围内，到底还是意大利和法国的香水工业最猖獗。一是天时：意大利人和法国人起步早，又有手工艺传统。须知香水最初在法国发展，和皮革有关。法国南部有名的格拉斯，最初原是皮革手套制品基地，可是众所周知，皮革制品有臭味，国王陛下和爵爷们穿皮衣戴皮手套讨好贵妇人时，总不能满身动物臭味吧？所以路易十四御宇期间，格拉斯就有了皮革手套商和香水制造商合一的商业模式，这就先了所有人一步。二是地利：南法的普罗旺斯和意大利的西西里、卡拉布里亚，都是地气温暖，种啥长啥，有大量香味植物可供萃香取味。到十八世纪，格拉斯当地就已经产生了新的商业模式，把香料种植和精油提取合二为一，从原料生产到配制，一条龙服务了。加上法国化学工业出名地发达——早年法国人尊崇炼金术，所以贵族都爱倒腾瓶瓶罐罐，到十八世纪，科学界出现了拉瓦锡、库特瓦、沃克兰这些人物——所以到十八世纪时，法国人已经在香水业领先一步了。

当然，最后最关键的，还是法国的百货业。

十九世纪二十年代，巴黎建筑始有钢铁与玻璃元素，不久就有了拱廊和百货店文化。十九世纪中期，巴黎连着办世博会，全世界都来巴黎买东西，工业革命和商业完美融汇。本雅明总结说，当时巴黎的商业模式就是卖梦——把商品包装得如梦似幻，然后拿去销售。这事不稀奇：以前阿拉伯人为了骗欧洲人买肉桂等香料，还编造了"肉桂是从悬崖上的大鸟处偷来的"之类浪漫传说。法国人也学了这招，知道奢侈品总离不开梦幻，所以十九世纪后半段，香水就和梦幻、浪漫、美女、贵族、东方神秘、园林风景挂上了钩，让人手持香水，只觉得满眼都是薰衣草、玫瑰花、晚香玉、土耳其宫廷绒毯，再也不会想起捕杀鲸鱼、剥削印尼老百姓、化学实验室里工科生计算剂量之类不浪漫的活动。之后二十世纪香水大行其道，只是顺理成章：奢侈品从来卖的就是感官的享受、爱情与梦想。至于琐屑真相，留着写论文就行啦，千万别沾染了如梦似幻的广告文案。

所谓 "往事如烟"

我爸的酒量在南方人里属于不错的那档，烟也抽，我妈常恨此事。我小时候对烟所知不多，但看爸爸抽，爱玩烟盒里的箔纸，所以大致知道烟盒分软硬，软的松垮垮皱巴巴，不喜；硬的比较方正，可以搁蜡笔。

我爸虽抽烟，但不太放肆，饭后等我们都散了餐桌，他自己来一支。他吃饭喝酒都慢，消消停停，常被我妈骂"前三灶吃到后三灶"——这是无锡话，我音译而已。所以他身上烟味不重。我妈虽常骂他抽烟，但自己偶尔也来一支，比如胃疼时节。后来偶尔想抽了，就扮胃疼。

我爸出自城郊近乡，据说最初吸的都是土烟——夫土烟者，

和乡下的汽酒、土烧鸡等，都是乡间宴席必备——后来他在单位
忙国际贸易，各国人都交接，吸烟的品位略有变。因为我妈在家
里比较林则徐，我心理上不太爱烟。加上陪爸出去吃东西常被烟
呛，一直有些怕。小学时媒体都宣传万宝路的广告男主角肺癌死
了，因此更视为畏途。

　　小时候看书，总能看到各类烟段落。马克·吐温自嘲说戒烟极
易，他都戒百多次了。余华《朋友》结尾里说利群、飞马、西湖
之类的牌子，有浙江朋友说确实是浙江的镇地之宝。朱自清说烟
就是个玩意儿，跟嚼橄榄差不多，要个劲儿。然后就是古龙小说
里天机棍孙老头儿的旱烟、福尔摩斯的烟斗、村上春树不断出现
的"把烟碾死"（林少华的译本）。大概第一次对烟草有一点儿
感觉，是《基督山伯爵》里，基督山神神道道哄阿尔贝抽土耳其
烟喝咖啡，听海蒂讲那过去的故事。那段氛围极出色，烟雾缭绕光
影离合。村上春树在《1973年的弹子球》里有过一句，大意是阳光
下抽烟有种灵魂出窍漂浮而出的意思。

　　后来交结的抽烟朋友一多，切身感受就多一点儿了。有的朋
友烟不离手，就跟我经常巧克力上瘾停不下来一样；也有的情绪到
了的时候来一支，带点儿自省意味像在琢磨什么似的吐烟。各有所
好。有朋友跟我仔细聊过这茬，大概意思：年轻人抽上烟，各有原
因。有些有点儿《十八岁出门远行》的感觉，觉得抽了支就算长大

了；有些是为了融入周围那种"我们不是孩子了，是成年人"的氛围；有些，像《骆驼祥子》里所谓，纯粹为耍个飘儿。

就是说，烟在形成身体依赖之前（其实身体依赖烟的人并不多），经常就是个很符号化的东西。所以还是朱自清概括得精当：没它也就那样，但有了它就多点儿意味，可以咂摸一下。

有些烟的牌子是通过女孩子知道的，比如某个女孩子抽绿装寿百年，枝很细，她抽来很美，抽完后嘴唇有薄荷香味，很微妙的性感。整个房间都有种清澈但确实存在的感觉，像去到了远方。几年后再见，她戒掉了烟和酒（她喝威士忌），改喝普洱茶。跟她谈起这事，大概意思，烟和酒代表一个阶段吧。

我认识的抽烟女孩子不少，有瘾的不多。她们抽烟，大多数和情绪有关。人自有感情纠结一时找不到合适表达方式的时节，怔怔坐着一支烟，许就吐出去了。女孩再怎么好强霸道，最后都会有某个时节怔怔坐着右手托腮，都忘了烟还在烧的那么一小会儿温柔似水都不设防的时光。

雪茄，我一直以为是香烟的加强版。雪茄在NBA是拿来做庆功的，在古巴是格瓦拉和卡斯特罗的代表，在电影里是巴顿及华尔街大亨耍酷的玩意儿，在丘吉尔那里是他伟大精神的象征。对于类似的标签意味过重的东西，我都稍微有些抵制，所以不爱。去年冬天有朋友送了些，教我，我表示我不抽烟。朋友劝说可以试试："反正不太进肺，对身体影响也没香烟大。试试看，不喜欢就送父母吧。"

我现在还没法儿抽环径大的雪茄。罗密欧与朱丽叶和科伊巴几款手卷的大环径，基本抽完大半支会晕会反胃，大概是所谓醉雪茄。帕特加和丹纳曼的小环径就稍微好一些。有朋友推荐过丹纳曼甜干邑，小巧又甜的一支，但我总觉得不惯。

雪茄的好处似乎是添加剂比香烟少些（我没试过香烟，分辨不出），另加发酵过，味道醇厚些。据说好雪茄要藏，我手头没这设备，所以通常想起来就买支，两天内抽完了事。保湿不当的雪茄抽起来费力，又干又辣。

巴塞罗那的店铺卖一种店家自己手卷的四方形雪茄，好玩得很，可惜不耐久藏，必须当天抽，味道极辣。

不太会抽雪茄的，后半段都会觉得呛喉，但前半段的味道总是很好，甜苦香厚。我跟朋友开玩笑，说帕特加的味道，像气态黑巧克力加焦炒豆子。尤其是第一两口，总是香厚得很舒服，就当巧克力吃吧。这点和夏天喝啤酒差不多，第一口总是百感交集，妙到毫巅。但是某种程度上，好雪茄和陈普洱、陈酒甚至好火腿是类似的，你能吃得出那种醇厚柔润的发酵味。

说来这心态其实很好笑，大致是这样。人常会被物件的价值所左右。三十元一瓶的葡萄酒，喝了也就喝了；十万元一瓶的葡萄酒，就会酒体、单宁、质地一个个慢慢把握。忙完了，说，休息下，抽支雪茄吧，就会获得这么种心理暗示："虽然不是挺贵，还是值点儿钱的，就慢点儿吧。"于是就正经休息开了。所以有时不是雪茄的味道好，而是那时的心情好。大致如此。

上瘾其实是一种复杂的，从生理到心理的故事。烟在生理上使人上瘾，自有科学研究在；在心理上则更微妙些。许多人爱反复做一件事，跟记忆有关。有人爱听某首歌，也许是因为喜欢初听那首歌时自己的心情；有人爱反复抽一种烟，也许是因为以前喜欢过抽那种烟的人。看某本书时的心情、喝某种饮料时身旁有什么人、曾经和谁一起噼里啪啦地剥过花生……许多时候，与其说是对于做某种事上瘾，不如说是对某种事所处的场景、声光、气味、心情上瘾。

许美静《你抽的烟》那首歌之外，辛晓琪《味道》里唱"手指淡淡烟草味道"，我现在略微懂了点儿。《六人行》第三季第一集，Monica（莫妮卡）刚和Richard（里查德）分手，也是每天闻他的雪茄不已。大概是这样的：

烟本身是个让人放松的东西。而放松下来，就容易情感波动思绪飞扬。你抽一支烟，闻到那种味道，然后你拥有过的最好的心情

（闲适、欢乐、恋爱中）都会寄存在这种味道里。烟和酒和茶甚至男欢女爱都一样，并不一定是每一口每一次都完美无瑕，所以就会让人想反复，于是一直这样下去。年初二下午我忙完一拨亲戚后躲到窗口，晒冬天的太阳，抽完一支帕特加，半晕乎乎里就觉得自己要融化在阳光和被阳光照亮的烟里了，而许多事就这么浮在云上。这种感觉难以言喻，只有下次再抽一支才能完全勾起来。所以还是那句话：每个人的瘾都可以说成一串漫长的苦甜交加的故事，许多人自承无趣的瘾故事，追溯到最后总关乎梦或者爱或者一些纯粹时光的美好事物。所以每个人都有戒不掉的某一种烟或某一种事或某一个人，总是如此。

烟斗

苏联人苦中作乐开玩笑，说斯大林一辈子对付了无数同僚，"唯一不离不弃的伴侣，就是他那撮胡子和那杆烟斗"。一如丘吉尔雪茄不离嘴，烟斗也算是斯大林logo（标志）的一部分了。扩展去想，倘说雪茄表现出丘吉尔的豪迈坚定睿智精明，那烟斗就是斯大林指点江山尽在掌握的体现——当然这实在不是斯领袖的专利。海明威、鲁迅、毛姆、凡·高，都跟烟斗有过瓜葛。往早一点儿，十九世纪的英国绅士早都明白了：你坐那里发呆，总有些手脚嘴眼无处安置的意思，如果是叼个烟斗，微笑点头，就显得莫测高深；想发言了，手拿烟斗说两句，都不用你话说得如何睿智，光手里的烟斗，都能给你的话加分量长气派，平添几分领袖风采。福尔摩斯每次探案思索时，都叼着他那个著名烟斗，还不忘说："除了表和鞋带，没什么东西比烟斗更能表达个性了。"不信么？"黄面人"一案，福尔摩斯在现场捡起个烟斗，立刻就判断：这家伙身强力壮，惯用左手，牙口好，粗心，富裕。

要抽烟斗，须得先有烟。众所周知，哥伦布发现了新大陆，烟草才进入欧洲人民视野。新大陆人民抽烟，源远流长，而且范围宽广：东到西印度群岛，北到墨西哥，南至玛雅，抽起烟来花样翻新：烟叶子卷了抽（今日雪茄之雏形），制了管子抽（今日烟斗之雏形），甚至摘烟叶嚼着玩（这个切勿模仿）。1498年哥伦布第三次访问新大陆，已经看见过印第安人抽烟；1535年奥威图先生出版《印第安通史》，说印第安人使用一种状如Y的管子，将Y的两端插入鼻孔，另一端装燃烧的烟草——这烟具一步到位，煞是干脆利落，但未免过于凶猛，所以大多数人，还是使烟斗抽。有些部落，人人抽烟，跟外族打架，立了功勋，酋长来给烟斗刻个花纹，死后烟斗殉葬；有些部落，还做个大烟斗，当作国旗，包兽皮，缠丝带，插珍禽羽毛，布置得五颜六色。十六世纪中期，烟草种子被葡萄牙人和西班牙人传遍世界，到处找适合的水土。于是菲律宾的吕宋岛、美国的康涅狄格、古巴的哈瓦那这些地气合适、天生烟罐的所在，终于找到了历史使命。而各色烟具，也随之生于世上。

广义来看，阿拉伯水烟袋、中国烟袋锅子、英国烟斗，都算是烟具，供人烧烟草，以吸其烟。但细看的话，大有区别。阿拉伯水烟袋顾名思义，烟经水过滤，装置更复杂，烧的烟丝也更华丽多

样。烟袋锅子在中国极有名，电视剧里纪晓岚捏着不放。"姑娘叼
个大烟袋"还算是东北三大怪之一。但烟袋子与烟斗不大同：中国
烟袋锅子多使白铜，耐高温，经烧，相声评书里说烟锅华丽，就说
"白铜的锅，翡翠的嘴"。烟袋长的，能伸出几尺去。长烟锅能用
来摆谱儿：自己叼着烟嘴，另一头让晚辈给伺候烟。也有短的，叫
作"骚胡子烟袋"，公公抽烟，让儿媳点火，趁人不备，摸一下媳
妇的手。"山药蛋派"作家赵树理先生，抽烟很了得，嫌烟袋锅子
抽了不过瘾，将一个山药蛋挖空了，插一根小竹管，装了一"蛋"
烟，狠抽。烟袋锅子抽的是旱烟，南方多切成丝，北方人揉碎了，
放烟锅里抽。日本江户时期，好摆谱儿的登徒子，或是冶艳的艺伎
舞姬，都使白银或纯金做烟杆。当然日本人趣味怪异，会在烟杆上
雕绘蜘蛛、蛤蟆一类动物，另求别致还是为啥，那就天晓得了。

　　正经的烟斗，主要是欧洲人使。最早欧洲人抽烟斗，是用瓷
的。荷兰与英国那时航海业发达，率先跟东南亚联系好了茶叶瓷器
贸易，也学会了烧瓷，所以烧制瓷烟斗的产业甚为发达。玩了百来
年瓷斗，大家转了头，开始发现木制烟斗的好处：一不易碎，二轻
便，三便宜。只要能解决以下问题——木头耐燃不裂，没怪味，干
燥、坚韧、透气，那就远胜于瓷斗。于是瓷斗遂成古董，归收藏家
玩了，大家一窝蜂，开始造木烟斗。
　　世上木头浩如烟海，要试出哪种最佳实是困难，但烟民热情过
于高涨，在试过了樱木、杜松、枫木、榉木、花榈、樱树诸般种种

之后，大家终于有了个结论：石楠树根最好。一来石楠树根天生抗
燃，点不着；二来石楠树根本身为了吸水分供树生长，有极好的吸
附性能。地中海地区的石楠树根，因为要在岩石沙地里取水，所以
格外茁壮。懂行的专家，看见棵好石楠树，就会刻意修剪枝干，让
树根特别发育，又不会过于坚硬。到了时节，伐将下来。先把木头
削成烟斗雏胚，搁着风干，等水分干透，动手制造。二十世纪六十
年代之后，丹麦仗仗着林木多产、匠手如云，成了世界石楠树根烟斗
的霸主，一如葡萄牙垄断欧洲酒瓶软木塞市场似的。

　　当然也不是说，世界人民只能任着丹麦人垄断，在石楠树根
烟斗之路上一去不返——土耳其人有话说。众所周知，土耳其人抽
阿拉伯水烟，也酷爱长烟杆——《基督山伯爵》里，大仲马为了夸
饰基督山的豪富，摆了以下的谱儿：其女奴海蒂抽的长烟筒，烟管
是珊瑚所制；众人喝咖啡时，也搭配抽长烟筒，配上好的土耳其烟
丝。但土耳其人对烟斗的贡献，依然不朽，普遍认为，是他们发掘
了海泡石烟斗。话说海泡石这矿石，在烟民眼中着实美妙：其质
轻，方便持握；多孔，便于透气；质地柔软细腻又呈白色，可以任
艺术家雕琢描绘，可塑性、观赏性还在石楠树根之上。最后被烟油
熏染，年深月久，色泽会变成深邃的棕金色，愈玩愈美，好比老北
京人揉文玩核桃。海泡石做烟斗，与木烟斗又不同：按原石大小，
确定烟斗造型，然后打磨雕刻，烘干抛光，这才算完。

也有下里巴人的材料，比如，印第安人早年做烟斗，就地取材，用的是玉米芯。休看此物粗贱，仔细想想：玉米芯多孔易散热，轻便易握，还口感清甜。缺点是容易烧焦，不耐久用。但这玩意儿太便宜啦，随用随抛。麦克阿瑟元帅爱旧烟斗，收藏甚多，但自己行军打仗，叼根二十五美分的玉米烟斗，<u>丝毫不以为忤</u>。一如斯大林老爱抽枣木烟斗似的，不在贵贱，在于自己喜欢罢了。

烟斗虽小，部分却多。正经可以分十来处：斗窝、斗钵、通风口、斗杆、榫眼、榫头、阀杆、送气口、斗嘴、斗孔，斗窝大小深浅，风口的宽窄，斗嘴的舒适度，送气口的大小，处处得见功夫。烟斗本身得晶莹圆润，让人握着舒服，能随意把玩。当然，最麻烦也最有乐趣的，还是对付这烟斗本身。

首先你得想法子，把烟斗抽起来。古龙《多情剑客无情剑》里，兵器谱第一的天机棍孙老人在长亭抽烟，兵器谱第二的上官金虹在对面给他点烟，其过程不啻一场决斗：孙先生左手三指托烟杆，伸俩手指。上官金虹右手两指拈纸煤，伸三个手指，彼此比画对方脉门，一触即发——当然孙先生抽的是旱烟，而平时玩烟斗的诸位，也不会这么高手对决、箭在弦上。但对付烟斗，确实有讲究。给烟斗装烟草，不能用塞，一塞就坏。最常见又安全的法子，是分三层。先把烟草揉松了，装进斗钵到满，略按，所谓"孩子的手力"，压至半满；再装第二层，用"女子的手力"，压到三分之二处；最后添满，压住。点烟一如雪茄，最好使火柴，旋转，燎出一个燃烧层，等烟都站起来，开始泛香了，再行点透，这就能抽了。

好烟斗不能叼着狠抽，而是如呼吸般，吹两口，吸一口。抽太快了，舌头发苦，烟斗烫手，苦差事。抽到半途想休息，不必特意熄。雪茄不想抽了，搁着就是，还能靠烟灰冷却；烟斗亦然：不想抽了，搁一会儿，就熄火凉了。

烟斗抽完了，琐碎细节才刚开始。烟斗和雪茄一样，不能忙着清积灰。雪茄的积灰可以保持温度，烟斗的积灰能养护斗窝，以免传热烫手。当然，烟灰积多了，斗窝会裂，得趁松时磕磕，但力度得掌握好，不能磕硬物，不然烟斗就折了。抽久了，斗窝里自然有烟油杂质，得使绒芯子来清理。至于日常养护，更是得小心翼翼。所以抽烟斗抽雪茄，买来容易，之后一整套活计，那就等着瞧吧。

抽烟斗最重要的，是得有自知之明。直截了当说，许多烟民尝试雪茄和烟斗，是冲着范儿去的——烟斗老成睿智，雪茄指点江山，看上去很美。但如果冲着范儿去，很是因小失大。巴尔扎克说过一句话，颇为刻薄："许多上等人会选择烟斗，但烟斗不会造就上等人。"惯抽雪茄和烟斗的人最后一总结，无非就是那几句：挑自己最喜欢的，然后平平静静地享受。如果时刻摆着"我在抽烟斗，你们快看我多帅气"的模样，最容易招不痛快。还是麦克阿瑟的例子：他老人家日常抽玉米芯子烟斗，坦然大方，是因为自知甚

明，完全不用靠名牌烟斗来彰身份显贵气。当然也有英国温莎公爵
这样，专爱收藏新烟斗的人物，但那是冲着收藏去的，也不为了摆
谱儿使。萧伯纳常年叼个旧烟斗，有位暴发户看不过去，想赠他个
名贵新烟斗，萧伯纳婉言谢绝，顺嘴抖了句"我的灵感都来自这旧
烟斗，所以它已经给我创造了难以计数的价值"，四两拨千斤，轻
轻就把人家给损了一道。

如果有人想自杀，就放他去菜市场

 古龙在《多情剑客无情剑》里写过，一个人如果走投无路，心一窄想寻短见，就放他去菜市场。那意思，一进菜市，此人定然厄念全消，重新萌发对生活的热爱——这话夸张些，但意思是对的。

 老菜市场是个神妙绝伦的地界。夫集市者，市井之地也。玉皇大帝、五殿阎罗，一进集市这种只认秤码的地方，再百般神通也得认输。夫菜市场者，又是集市里最神奇的地方。买菜下厨的大都是阿妈，思绪如飞、口舌如电、双目如炬，菜市场里钩心斗角，每一单生意或宽或紧都暗藏着温暖与杀机。市井混杂，再没比菜市场更磨炼人的了。

 我外婆以前说，菜市场里小贩都属鳝鱼，滑不溜手，剥不下皮。细想来，其中自有玄妙。侯宝林先生说过几个相声，略言前清禁止娱乐期间，京剧名票友去卖菜。这事看着容易，实际上苦不堪言。比如说卖蔬菜的，挑着担，先得就了水，所谓"鲜鱼水菜"。几百斤菜，挑得肩膀酸疼。有老太太来挑黄瓜吃，北京老太太挑黄瓜麻烦，得先尝，尝了甜的才买。一尝苦的，掉头就走。

　　江南菜市场，卖水果、糕点的一般都强调"先尝后买啊"。卖西瓜的开半边或切些三角片，红沙瓤的诱人；卖葡萄的挑姹紫嫣红饱满的搁着，还往上洒些水，好比美女浓妆，色相诱人。然而菜市场上可没有王孙公子，净是些"我先尝尝"之徒。菜市场试吃党都是大嘴快手：买杨梅，先拣大个的吃；啃玉米，不小心就半边没了。

　　我外公是个大肚汉，打起呼噜来床如船抖那类。他试吃起西瓜来，一不小心就能啃掉人家小半个。摊主们经常怒发冲冠，脾气坏些的就一把夺下，气急败坏："不买别尝！"我们那里，有些蹭吃的专靠"试吃"活着。新开的摊，闻风而至。新摊主普遍和气生财，略招呼两声，就被风卷残云吃了一半。这样吃过三五家，一天都饱了。

　　然而无商不奸，魔高一丈，自古皆然。我们那里，夏季菜市场常见有卖杨梅的，就是一例。我爸曾被我妈派去买水果，满嘴嘟囔不乐意，拉着我一路溜达到杨梅摊。我们那里以前杨梅论篮卖，一篮杨梅水灵灵带叶子，望去个个紫红浑圆。我爸蹲下，带我一起试吃。两三个吃下来觉得甚好，也不还价，就提了一篮。父子俩边走边吃，未到家门口，发现不对：上层酸甜适口的杨梅吃完一层后，露出下层干瘪惨淡、白生生的一堆，不由得我和我爸不仰天长叹。后来我们二人合计：人家也不易。一个杨梅篮要摆得如此端庄，而且巧夺天工不露痕迹，也属不易。所以提议先尝后买，看你吃得欢欣还笑容不改的殷勤小贩，早就预备下了陷阱。所谓你有张良计我有过墙梯，是之谓也。

江南菜市场，无分室内室外，布局似乎有默契。粮油商店国营列在进门处，店员们一脸铁饭碗表情，闲散自在，时常串门。冷冻食品、豆制品这类带包装的，依在两旁；蔬菜水果市场交叠在入门处，殷勤叫卖；卖猪肉的分踞一案，虎背熊腰的大叔或膀阔腰圆的大婶们刀客般兀立，一派睥睨之态，俨然看不起蔬菜贩子们。卖家禽的常在角落，笼子里鸡鸭鹅交相辉映，真所谓鸡同鸭讲，看摊的诸位很淡定地坐在原地，等生意，对空气里弥漫的家禽臭味毫无所觉。卖水产的诸位是菜市场最高贵的存在。鲜鱼水菜，大盆大槽，水漫溢，鱼游动，卖鱼的诸位戴手套、披围裙，威风凛凛，一副舍我其谁模样。手指一点，目不稍瞬，就嗖一声水里提起尾活鱼来。手法精确华丽，每次都能招我喝一声彩——我双手带双臂，要抱条活鱼都困难，如何他们就恁地心明眼亮、手法似电？

然而菜市场并不只卖菜。这点颇似老年代的工厂：厂房是主体是生产基地是灵魂，但让厂子生机盎然的是职工宿舍、浴室、小卖部和棋牌室里噼里啪啦的麻将声。同理，对小孩子来说，菜市场的灵魂是看不见摸不着的买卖：买到的蔬菜和肉要在锅里煮过、端上餐桌，才能算正经宴席。菜市场看得见摸得着的皮肉，乃是布满菜市场的小吃摊和糖人铺。

小吃铺们见缝插针，散布在菜市场里外，功能多样。南北方的老太太们都醒得早，爱去早市溜达，笃信"早起的猪肉新鲜""早市的蔬菜好吃"，顺手边买早点，边和小吃摊的老板们叨叨抱怨那只知吃不知做、千人恨万人骂、黑了心大懒虫的死老公，然后把热气腾腾的八卦、包子和油条带回家去。包子和油条新鲜，八卦却经常是旧的。所以餐桌上总是被老头儿厉声呵斥："你就净知道打听小道消息！"

江南人喊孩子作"老小"，所以老人和小孩待遇类似，都容易被哄。小吃摊和糖人铺，专吸引这两种人。我们小时候的糖人铺是流动的，摊主背一个草垛，上插着七八支竹签，分别是糖人版孙悟空、关云长、包青天、七仙女、诸天神佛、传奇妖怪，会聚一堂，阳光下半透明微微泛黄。孩子吵着要买，大人勉强掏钱，还千万遍叮嘱"千万不能吃"。然后转两圈回来，就见竹签空了，孩子正舌舔嘴角糖渍企图毁尸灭迹呢。我小时候吃过一次，略脆，很甜，糖味很重。后来想想，其实不好吃，只是被大人们的禁令挑逗得兴起而已。多少孩子看捏糖人的过程不觉心醉神迷，非拉着妈妈买完菜再遛去百货商店买盒橡皮泥才罢。

菜市场的小吃摊基本被赋予半个托儿所的功能。大人们出门买菜，孩子独自搁家里不放心，只好带着。到菜市场，龙蛇混杂，七张八嘴，天暗地滑，而且满地都是陷阱泥淖。不小心孩子就敢踩到哪堆鱼鳞，摔个嘴啃泥。而且孩子怕烦，又好新鲜，看见五彩缤纷香味洋溢的吃食，就显然走不动道。所以家长们经常把孩子寄在熟悉的小吃铺，把摊主当托儿所所长拜托："一会儿回来接。"小吃摊大多是味道细碎的一招鲜，油煎者为最上，因为油香四溢，兼有"滋滋"作响之声，孩子们最容易受哄。我小时候看摊主做萝卜丝饼，觉得怎么白生生一团转眼成油黄酥脆的物了，吃来外酥里脆，着实新鲜有趣。馄饨摊主和我混熟之后，可以赊账，跟我爸妈说好，别让孩子带着钱来吃，一个月结一次账便好，好像也不怕我逃了。轮到给我下馄饨时，加倍地给汤里下豆腐干丝。

菜市场的诸位，自有高峰期和低潮期。早市直到午饭前，午后三到五点，总是最喧腾时节。那时人人三头六臂，七手八脚，吆五喝六。年轻人焦躁，左手给第一位找钱，右手给第二位拣菜，嘴里招呼第三位，粗声大气，好像吵架，一急就拍脑门："又算错钱了！"年长一点儿的老人家潇洒得多。眼皮低垂，可是听一算二接待三，眼观六路耳听八方，手持秤砣颤悠悠一瞄，嘴里已经在和熟人聊天，还不忘耍个俏皮。都说江南人小家子气，算盘打得响，至少在小贩们身上是如此。账都在老先生脑子里，一笔不乱。最多略一凝思，吐起数字来流利得大珠小珠落玉盘。当然也有例外，不知怎么，我们这儿的人普遍认为，卖葱姜的都是山东人——大概山东葱姜极好吧。生姜不是什么大生意，还常做附带品，但依然可以卖得豪气干云。比如卖蔬菜瓜果，最后没零钱找了，高峰期繁忙之中，摊主心急火燎，一拍脑门，抓起一把大葱生姜就往买家篮子里塞。山东大汉塞起生姜，格外豪迈，能吓得老先生买家不迭声"用不了这么多"。

然而过了繁忙期，菜市场颇有点儿渔歌互答的娴雅风情。近午时分，有些大汉打着哈欠补觉去了，精神好的几位聊天、打牌、下棋、吹牛侃山，把摊子搁在原地。小吃摊的贩子们好心，有时负责帮着照看好几家生意，来个葱姜、茄子的，也能报个价，收钱。都是熟人，再没怀疑的。当然也有打牌打入神了的，相当可怕。话说我们家以前买了十几年菜的一位卖馓子大叔，牌瘾极大，每天手提着一副麻将牌来卖馓子。下午开桌叫牌，打得热火朝天。这时候去买他的馓子，招呼摊主，他总是头也不回，或喜或怒或惊或故作不惊。你大声问："馓子什么价？"他手一扬："随便！别吵！"那点儿散碎馓子他也不在乎了，真有被人把匾里的馓子包了圆拿走的，他也不急不恼。

入夜之后的菜市场人去摊空，就摇身一变成了夜市小吃街。

以前炒饭面菜全方位无敌大排档还不兴盛时，夜市小吃基本还是豆花、馄饨这些即下即熟的汤食，加一些萝卜丝饼、油馓子之类的小食。家远的小贩经常就地解决饮食，卖馓子的和卖豆腐花的大叔经常能并肩一坐，你递包馓子我拿碗豆花，边吃边聊天。入夜后一切都变得温情，连卖油煎饼的大伯都会免费摊你一个鸡蛋，昏黄灯光照在油光光的皱纹上。

　　菜市场这地方出没久了，便知其中藏龙卧虎真人不露相。以前传奇中老者打油神技，总结为"惟手熟尔"，差可近之。我们这里粮油店的大叔量油称米，日久寂寞，就变着法子地秀手段。称米如飞，你说十斤，几勺掏完，袋子上秤，刚好十斤。你还来不及夸赞，他已经淡定威严地喝"下一个"了。如此所谓"一抓准""一称准"之类的手段，是菜市场的常用戏法。比如你说"要只五斤左右的鸡"，立刻给你只五斤一两的；你说"要十元的梨"，手法如飞帮你挑好拣定，拿了钱都不用找。负责动刀子的诸位，又格外看不起这类"一招准"的手段，嫌太酸文假醋。我外婆以前做执勤收费的菜场，卖鳝鱼的大师简直有江湖气，三绺长须，目光如神，自吹是吃鳝鱼吃出来的，用一口扬州腔劝我们"小孩子要多吃红烧鳝鱼"。他杀鳝鱼，扬手提起，下刀，划剖，下水，曼妙如舞蹈，大家看得眼花缭乱，赞美。远处坐肉案的大叔则取阳刚之风，颇得镇关西真传，下刀切肉臊子，出手如风，只是脾气差些，常被小媳妇老太太们念叨："切这么厉害，吃肉时都是砧板木头渣子！"

我印象里最厉害的，是一位卖马蹄的老人——在我们这里，马蹄俗称荸荠，清脆而甜，胜于梨子。但荸荠的皮难对付，所以菜市场常有卖去皮荸荠的。荸荠去皮不难，只是琐碎，费手艺，用力大了就把荸荠削平了，自己亏本。我旧居的菜市场末尾有位老人家，常穿蓝布衣服和一顶蓝棉帽，戴副袖套，坐一张小竹凳。左手拿荸荠，右手持一柄短而薄的刀。每个荸荠，几乎只要一刀——左手和右手各转一个美妙的弧线，眼睛一眨，荸荠皮落。这一转婉约之极，瞬间就能跳脱出一个雪白的荸荠来，端的如诗似画。我们小孩子没见过世面，以为见得天下高手，围观之，每次都买了大堆荸荠回家吃。现在想来，还是惊艳于那婉转美妙、飞神行空的双手一转，雪白跳脱。

离家去上大学后，自己租房子，自己下厨，自己去菜场，才觉得两眼一抹黑。以前我妈去菜场总是胸有成竹，好像当晚的宴席已经被她配平成化学方程式，只要斟酌分量买好就是。而我初次单个进菜场，被叫卖声惹得前俯后仰，如进迷宫。见了菜肉贩们，也说不清自己要什么，期期艾艾，惹得一寸光阴一寸金的对面大爷大婶们冷脸以对，就差没喝令我"脑子理清再来"了。临了，跌跌撞撞把疑似要买的买齐后，回家下厨，才发现短了这缺了那。回思爸妈和外婆当年精准犀利的食材、调料分配，顿感高山仰止。这事后来和老妈电话谈，老妈问罢价，在电话那头的顿足声我都听得清了："买贵了买贵了买贵了！！！"

　　过年前回家，陪爸去买年前要用的菜，顺便吃芝麻烧饼，喝羊肉汤。闻到鱼腥味、菜叶味、生鲜肉味、烧饼味、萝卜丝饼味、臭豆腐味、廉价香水味，听到吆喝声、剁肉声、鱼贩子水槽哗啦声、运货小车司机大吼"让一让让一让"声、小孩子哭闹声，望着满菜市场涌动的人流和其上所浮的白气——呼吸呵出来的，蒸包子氤氲出来的，我觉得自己又回到了妥帖安稳的地方。好像小时候菜市场收摊后的馄饨铺，热汤和暖黄灯光，似曾相识的温暖出来了。那时，好像人化成了泥，融进了一个庞大、杂乱但温柔的泥淖中。所谓落叶归根，其实就是告诉你：越是有泥巴的地方，越是安稳妥帖。

图书在版编目（CIP）数据

人生里，总有一段传奇在等你 / 张佳玮著.—北京：
民主与建设出版社，2014.10
ISBN 978-7-5139-0486-5

Ⅰ.①人… Ⅱ.①张… Ⅲ.①随笔－作品集－中
国－当代 Ⅳ.① I267.1

中国版本图书馆CIP数据核字（2014）第 242038 号

© 民主与建设出版社，2014

人生里，总有一段传奇在等你

出 版 人	许久文	
著　　者	张佳玮	
责任编辑	赵振兰	
监　　制	于向勇　康　慨	
策划编辑	秦　青　郭　群	
文字编辑	付立鹏	
营销编辑	刘晓晨　刘　健	
版式设计	张丽娜	
封面设计	新艺·书文化	
出版发行	民主与建设出版社有限责任公司	
电　　话	（010）59419778　59417745	
社　　址	北京市朝阳区曙光西里甲六号院时间国际 8 号楼北楼 306 室	
邮　　编	100028	
印　　刷	北京嘉业印刷厂	
版　　次	2014 年 11 月第 1 版　2014 年 11 月第 1 次印刷	
开　　本	880×1230　1/32	
印　　张	8	
书　　号	ISBN 978-7-5139-0486-5	
定　　价	35.00元	

注：如有印、装质量问题，请与出版社联系。